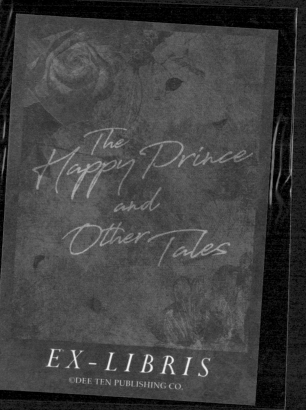

The
Happy Prince
and
Other Tales

EX - LIBRIS

The Happy Prince and Other Tales

快樂王子

王爾德童話集

奧斯卡 · 王爾德
Oscar Wilde

/ 著

笛藤出版

憂鬱且溫情的唯美童話

十九世紀的天才作家王爾德，是當時唯美主義派的代表人物，畢生致力於「藝術」與「美」的追求。這樣的信念反映在藝術觀上，主張「為藝術而藝術」。

正因為這種專注而純粹的態度，王爾德其人其事和作品，都散發著獨特的魅力。他有著令人驚豔的外貌和氣質，即使以今日的眼光來看，也依然是不折不扣的美男子。他常常以奇裝異服出現在當時的社交圈，充分顯示強烈的個人風格和不落俗套的決心；他的著作風格唯美、妙語如珠又富有機智，就像賞心悅目的藝術品般，令讀者愛不忍釋，華麗、幽默、諷刺，幾乎成了其作品的代名詞。

他所主張的美，並不單就形式上著墨，而是從各個角度去探求，包括內心之美、不完美中的美……。儘管他特立獨行、不喜歡被成俗定見所約束、時有驚人之語，但他對於人性或真理中的美與善的一面，還是抱持著肯定態度的。他所譏諷的，多半是社會上矯飾與偽善的一面，或是包裝於華美外表之下的醜惡人性，對於人性的弱點如自私、矛盾，有著深刻又令人莞爾的描寫。

　　以本書所收錄的九則故事為例，雖然最初是為了獻給家中孩子的童話故事，但和一般的採集或口傳而來的童話不同的是，王爾德的童話是個人創作，因此有著他強烈的個人色彩和主題意識。故事中同樣都有城堡、王子公主和愛情，但是和人們熟知的劇情「王子和公主從此過著幸福快樂的日子」不同：金雕玉琢的王宮美得像仙境，卻也透著不近人情的冰冷；善良的「快樂王子」為了生活困苦的人們而悲傷；美麗的公主經常是最自私、最沒有同情心的；夜鶯以鮮血染成的愛情玫瑰敵不過名貴珠寶的吸引力……但它們也傳達出一個訊息，那就是至美源於至愛。真正的美必須是發自內心的善與真誠的愛，才會令人動容，「自私的巨人」的大花園如果缺少了孩子們的笑聲，就顯得沒有生氣。

　　這些故事的情景大多瑰麗而夢幻，有如最美的畫作，然而全書瀰漫著淡淡的憂傷氣息，結局也很少是皆大歡喜，但不可否認地，它們能引起讀者的哀憐與共感，因此一般咸認為，這部童話其實更適合讓成人們閱讀，因為它不但擴大了童話的格局，也提供了讀者更深的感觸與最美的感動。

目次

快樂王子與其他故事

The Happy Prince and Other Tales

一屋子的石榴果
A House of Pomegranates

快樂王子
與
其他故事

The Happy Prince
and
Other Tales

快樂王子

The Happy Prince

「朝臣叫我『快樂王子』，如果這樣的生活就稱得上『快樂』的話，我的確活過。」

My courtiers called me the Happy Prince, and happy indeed I was, if pleasure be happiness. So I lived, and so I died.

在這座城鎮的一座高崗上，有一根圓柱，頂端豎立著快樂王子的雕像，整座雕像用葉片般的金箔鍍製而成，雙眼則鑲著兩顆閃爍的藍寶石，與腰際佩戴的劍柄上那顆發光的的紅寶石相互爭輝。

這尊雕像的確令人嘆為觀止。「他就像風向儀一樣挺拔。」一位渴望別人讚美他有藝術品味的鎮民代表如此評論著，但隨即又補上，「只是不那麼實用罷了。」他不希望人們說他庸俗，因為實際上自己並非如此。

「為什麼你不能像快樂王子一樣？」一位善感的母親對她那渴望摘下月亮的小兒子說。

「因為快樂王子從來沒有夢想和渴望。」

「我真高興世界上還有一個人是真正快樂的。」一個沮喪的男人凝視著這座完美的雕像喃喃自語。

「他看起來真像天使。」一群剛從禮拜堂走出來、身穿鮮紅斗篷及雪白圍兜，接受救濟的孩子們說著。

「何以見得？」一位數學老師接著說：「你們又沒見過天使。」

「啊！但是我們在夢裡看過的呀！」這群小朋友的答案讓數學老師皺緊眉頭，表情嚴肅——他並不贊同孩子們做夢。

某天夜裡，一隻燕子輕盈地飛過這座城市，他的夥伴們早在六星期前就飛去埃及了，他之所以落後，是因為他和最美麗的蘆葦談起戀愛。在初春，有一次他在追捕一隻大黃蛾時，俯身飛下河床時偶遇了蘆葦，被她纖細的腰枝給迷住了。燕子停了下來，和她談天。

「讓我愛妳好嗎？」這隻喜歡有話直說的燕子說完後，蘆葦微微頷首答應。此後，燕子便經常在她身邊穿梭流連。他用翅膀輕觸水面，掀起銀色的漣漪。小燕子的求愛行動，持續了一整個夏天。

「這真是荒誕的戀情。」其他的燕子取笑他，「這蘆葦沒有錢，而且交遊太廣闊。」更何況，河岸邊還有那麼多的蘆葦，她一點也不起眼。沒多久，當秋天來臨時，其他燕子全都飛走了。

他們飛走後，只剩下這隻寂寞的燕子，而且他開始厭倦他的『女朋友』，「她從不和我說說話。」他有點抱怨，「我真害怕她是那種賣弄風情的女子，因為她總是不斷對著微風搔首弄姿。」當然，每當微風吹拂，蘆葦必定迎風搖曳，款款生姿，「我承認她是居家型的，」燕子繼續說道：「但是我熱愛旅行，因此，我的妻子也應該和我一樣才對。」

「妳要不要跟我走？」燕子終於開口問她。但是蘆葦卻搖頭拒絕，因為她深愛家園，不願離開。

「妳根本就是在玩弄我的感情。」燕兒氣得大叫，「我要離開妳，到金字塔去了，再見！」然後他就飛走了。

飛了一整天，到了晚上，小燕子飛到這座城鎮，「我該在哪裡落腳呢？我希望這個鎮上有地方可以讓我休息。」他說。

然後他看到了聳立於柱子上的雕像。

「我就住在那裡吧！」他驚呼著：「這真是個好地方，有享受不盡的清新空氣。」於是他俯衝向下，停在快樂王子的腳上。

　　「我的床是金子做的。」他環顧四周，柔聲自言自語，準備上床安睡，但就在他要將頭縮進翅膀底下時，有一滴大水珠落在他身上，「真是稀奇呀！」燕子說：「天上一朵烏雲也沒有，星空如此澄澈，竟然還會下雨，北歐的天氣真是詭異。我的蘆葦曾經喜歡雨天，不過那只是她的個人喜好，不干我的事。」

　　接著，又落下另一滴雨。

　　「如果這尊雕像連雨點都擋不住，我何必住在這裡？」他告訴自己，「我該去找個更好的地方。」他決定起飛另覓他處。

　　但是就在他展翅高飛之前，第三滴雨珠落了下來，他抬頭一看。嘩！

　　快樂王子已熱淚盈眶，淚珠沿著金色的臉頰滑下。快樂王子的臉頰在明月輝映下流露出動人的神采，深深感動了燕子。

　　「你是誰呀？」燕子好奇地說。

　　「我叫做快樂王子。」

　　「那你為什麼在哭？」小燕子問著：「你把我弄溼了。」

　　「當我還活著，擁有人類的內心時，」雕像回答：「我根本不知道眼淚為何物，因為我無憂無慮地在皇宮裡生活，我的生活裡沒有『悲傷』。白天，我和朋友們在花園裡遊戲；晚上，我領著舞群在宮殿裡起舞。我的城堡被巍峨的高牆層層圍住，我不曾關心牆外的世界，因為我的周遭是如此美好。朝臣叫我『快樂王子』，如果

這樣的生活就稱得上『快樂』的話，我的確活過；當我死後，他們為我建立這尊雕像，從高處俯瞰大地，從此我看到了人世間的醜陋與不幸，雖然我現在是鉛做成的，但我還是忍不住哭泣。」

「什麼？他不是純金的？」燕子小聲說。但基於禮貌不能問到個人隱私。

「在那遙遠的地方，」雕像繼續低聲地訴說：「有條小巷弄，那裡有間破爛的房子，有一扇窗是敞開的，於是我看到有個婦人坐在桌邊。她的臉龐清瘦憔悴，雙手粗糙發紅，全都是被針所刺傷的，因為她是裁縫師，正在為皇后的愛女準備繡花緞袍，好讓她能在參加宮廷宴會時大放異彩。在房間的角落裡，她的小兒子生病躺在床上，發著高燒，想吃橘子。但是他的媽媽什麼也沒辦法給他，只能餵他喝河水，所以他哭得好傷心。

燕子、燕子、小燕子啊，你難道不能幫我把劍柄上的紅寶石挖出來，送給這位母親嗎？我的腳被固定在高台上動彈不得啊！」

「我的夥伴在埃及等著我，」燕子滔滔不絕，「他們正在尼羅河飛上飛下，熱烈地談論蓮花花海，很快地他們就要躺在法老王的墓穴裡，法老王在自己的彩繪棺木裡沉睡，被黃色的亞麻包裹成木乃伊，香味撲鼻。脖子上掛著一條碧玉鍊子，而他的手像是枯萎的葉片。」

「燕子，燕子，小燕子啊，」王子期待地說：「你不陪我待上一夜，並為我傳口信嗎？那小男孩是那麼地口渴，那母親又是那麼地悲傷。」

「我覺得自己不那麼喜歡小男孩，」小燕子回答：「去年夏天，當我還待在河邊時，有兩個沒教養的小男孩，他們是磨坊主人的兒子，老是愛對我丟石頭。他是沒有打到我，但當然是因為我太會飛了，可能也與我的家族遺傳有關，我們一向身手輕快矯捷，不過再怎麼說，他們對我不夠尊敬。」

不過快樂王子看起來好失望，令燕子不忍心，「這裡好冷喔！」燕子說：「所以我只陪你待一夜，幫你送完寶石我就走。」

「謝謝你，小燕子。」王子感激地說。

於是燕子將鑲在王子寶劍上漂亮的紅寶石挖出來，唧著飛越城市中一座座屋頂。

他經過一座雕刻著白色大理石天使像的大教堂尖塔，還經過皇宮，並且聽到舞會的歡樂聲，有一位漂亮的女孩挽著情人走到陽台，「多麼美麗的星辰啊！」情人對女孩說：「愛情的力量多麼偉大！」

「我希望我的禮服能在宴會舉行前及時做好。」女孩回答：「我已經訂製了繡有西番蓮的禮服，可是那個裁縫師太懶惰了，不知道來不來得及做好。」

燕子沿路飛越了河流，見到燈火在桅杆上閃閃發光；他飛過猶太村莊，見到一位老猶太人在和別人討價還價，用黃銅秤子計量；最後，燕子到了那戶窮人家，看到屋內的小男孩正發著高燒，在床上輾轉反側，小男孩的媽媽已經累得睡著了。燕子跳進屋內，把紅寶石擱在桌上，就放在裁縫頂針的旁邊，然後他輕輕飛到床邊，用

翅膀搧搧小男孩的額頭，小男孩感覺到了。

「好涼快呀！我的病一定是好多了。」小男孩說完就沉睡了。

之後，小燕子飛回去找快樂王子，告訴他自己做了些什麼事，「好怪喔！」燕子說：「雖然天氣很冷，但是我覺得好溫暖。」

「那是因為你做了件善事。」王子這樣回答，於是燕子開始思考，想著想著便睡著了，思考總能讓他快速入睡。

天一破曉，燕子立刻飛到河流中洗澡。「這是多麼奇特的景觀，」一位鳥類學教授正好路過，俯瞰橋下時驚嘆：「冬天竟然會有燕子！」他發表了一篇長文給當地的報社，大家都引用了這篇文章，即使內容令人費解。

「今天晚上，我要去埃及了。」燕子告訴自己，並且十分期待在埃及的經歷。他造訪過許多公共建築，也曾長踞在教堂尖頂欣賞風景。不論他走訪哪裡，麻雀們總是啾啾叫，交頭接耳地說：「看！多麼傑出的陌生訪客！」因此他頗為陶醉其中。

當明月升空時，他飛回去找快樂王子，「你還有沒有什麼事要拜託我？」燕子說：「我馬上要去埃及了。」

「燕子、燕子、小燕子啊，」王子說：「你不能再多陪我一晚嗎？」

「我的夥伴在埃及等我。」燕子回答：「明天，他們會飛到第二瀑布區，在那裡，河馬躺在埃及紙莎草之中，門農神坐在他雄偉

的花崗岩御座（註：Memnon，指的是埃及的門農巨像，即阿門諾菲斯三世（Amenophis III，西元前一三九〇～一三五二）的坐像，是兩尊巨大的石雕像，具有上下埃及統一的象徵。據說其中一尊在黎明和黃昏時會發出呻吟，可能是日夜溫差變化造成）。他一整夜都凝視著星空，當晨星閃爍時，他突然高興地叫了起來，然後又安靜下來。中午時分，黃鬃獅來到水源地喝水，牠們的眼睛像是綠寶石般翠綠，獅吼比瀑布傾瀉更響亮驚人。」

「燕子、燕子、小燕子啊，」王子說：「在離這座城鎮好遠的地方，我看到一位年輕人獨坐在閣樓上，他正靠在滿佈紙張的書桌旁，在髒亂中，他身邊有一束枯萎的紫羅蘭。他有一頭棕色鬈髮，唇色紅得像石榴，還有一雙如夢般朦朧的大眼。他試著為劇院導演完成一份劇本，但是他已經冷得無法再寫出任何文字，因為爐灶中沒有暖火，而且他已經餓得快昏倒了。」

「我再多陪你一晚好了。」燕子說：「我該送另一顆紅寶石給他嗎？」

「唉呀！我沒有紅寶石了。」王子遺憾地說：「我的眼睛是現在僅存的珍寶了：它們是天然稀有的藍寶石，是從印度買來的千年古董，挖一顆出來送給他吧！這樣他就能賣給珠寶商，換取食物與柴薪，好完成他的作品。」

「親愛的王子，我不會這麼做的。」燕子邊說邊哭。

「燕子、燕子、小燕子啊，」王子說道：「照我的命令去做。」

於是燕子挖出王子的眼珠，飛往年輕學生居住的閣樓。他很輕易就飛進去了，因為屋頂破了一個洞。燕子從洞口飛越而俯衝進了房間，這名年輕人將腦袋深埋進手掌心，所以他沒有聽到鳥兒振翅飛來，當他抬頭往上看時，發現凋零的紫羅蘭旁邊，竟有一顆美麗的藍寶石。

「我開始被器重了！」他高呼著：「這顆寶石是仰慕者送給我的吧？有了它，我就能完成我的劇作了。」他看起來相當興奮。

第二天，燕子飛到港口，停在大船的桅杆上，看著水手們用繩索搬運大箱子，箱子被拉上來時，「拉起來！」他們叫著。

「我要去埃及。」燕子也大叫，但是沒人理他。他又飛去找快樂王子。

「我來道別。」燕子說。

「燕子、燕子、小燕子啊，」王子說：「你不能再多陪我一晚嗎？」

「現在已經是冬天了，」燕子回答：「冰冷的暴風雪很快就會來到這裡。但在埃及就不同了，溫暖的陽光灑在棕櫚樹上，鱷魚慵懶地躺在泥堆裡，我的夥伴們在巴貝克（註：Baalbec，為古埃及的城市之一）神廟築巢，粉白的鴿子都看著他們，還咕咕叫著，交頭接耳。親愛的王子，我必須離開你了，不過我不會忘記你，明年春天，我會飛回來看你，並帶著兩枚漂亮的寶石，填補你慷慨贈予而留下的凹洞。我會帶回比紅玫瑰更紅豔的紅寶石，以及比大海更湛

藍的藍寶石給你。」

「在廣場的下方，」快樂王子說：「站了一個賣火柴的女孩，她的火柴掉進排水溝，全都濕了，如果她沒將賣火柴的錢帶回家，會被爸爸打，所以她正在哭。她沒有鞋襪可穿，這麼冷的天氣，她的頭上卻沒有帽子可戴，快將我的另一隻眼睛挖出來送給她吧！這樣她爸爸就不會打她了。」

「讓我再多陪你一晚吧！」燕子說：「但是我不能挖掉你的眼睛，再挖你就全瞎了。」

「燕子、燕子、小燕子啊，」王子說：「照我的命令去做！」

於是他挖掉王子的另一顆眼珠，疾飛而去，快速飛到賣火柴女孩的身邊，讓寶石溜進小女孩的手掌心，「多麼漂亮的小玻璃珠子！」小女孩驚叫著，高興地跑回家。

然後燕子回到王子身邊說：「你現在已經完全瞎了，所以我要永遠陪著你。」

「不，小燕子，」可憐的王子說：「你該去埃及了。」

「我要永遠陪著你。」燕子說完便在王子的腳邊睡著了。

第二天，燕子一直坐在王子的肩膀上，並告訴王子他曾在外地見過的故事。他訴說關於朱鷺的事，他們在尼羅河岸站成一列，用喙抓食金魚；和世界一樣古老的斯芬克司，住在沙漠裡面，無所不知；商人則是跟在駱駝旁邊，手拿琥珀珠子緩慢行走；山王、月王，和

黑檀木一樣黑，他們崇拜水晶；巨大的綠蛇睡在棕櫚樹間，由二十位僧侶用蜂蜜蛋糕供養牠；還有侏儒乘著大片平坦的葉子，在大湖中航行，並常常和蝴蝶起衝突。

「親愛的燕子，」王子說：「你對我說了那麼多不可思議的事，但更不可思議的是，為何世間還有這麼多男女在受苦呢？這實在太悲慘了。小燕子啊，你到我的城市裡飛一圈，然後回來告訴我你看到了什麼。」

所以燕子飛越了這座大城市，看到富貴人家在豪華宅邸尋歡作樂，門口卻坐著乞丐。他飛到暗巷裡，看見飢餓而蒼白的孩童，疲倦地在裡面覓食。拱橋下，兩個小男孩相擁取暖，「我們好餓呀！」即使他們這麼說，但是守夜人卻大聲斥責，「你們不能待在這裡。」於是他倆再度走進雨中流浪。

於是燕子飛回來，告訴快樂王子他的所見所聞。

「我身上包裹著金箔，」王子立刻說：「你把它們一片片剝下來，拿去送給窮苦人家吧，人們總認為金子能帶來歡樂。」

葉片般的金箔被燕子一片片地剝下來，直到快樂王子看起來灰灰髒髒的。燕子將金箔分給窮人家，孩子們的臉上露出了紅暈，他們在大街上笑著、玩著，高興地說：「我們有麵包吃了。」

大雪來了，緊接著降霜，整條街道彷彿由銀所製成，明亮又皎潔，長長的冰柱彷彿水晶匕首，從屋簷垂下來。每個人外出都穿著皮草，小男孩們戴著深紅色的帽子在冰上溜冰。

可憐的小燕子愈來愈冷，但是他不會離開快樂王子，因為他深深地愛著快樂王子。他趁麵包師傅不注意，撿起麵包屑充飢，並揮動翅膀為自己取暖。

不過，他知道自己即將死亡，他用僅存的力氣飛向快樂王子的肩膀，向他道別，「再見了，親愛的王子，」燕子囈語著：「我能夠親親你的手嗎？」

「我好高興聽到你終於要去埃及了，小燕子。」王子衷心地說：「你已經陪我陪得夠久了，你該親親我的嘴唇，因為我很愛你。」

「我並不是要去埃及，而是要去……」燕子哽咽，「我要去死亡之家，死亡是睡眠的親兄弟，不是嗎？」

然後他親吻了快樂王子的嘴唇，便摔下來死在王子的腳邊。

就在這時，一個奇怪的爆裂聲從雕像內部發出，就像有東西破了似的，原來是雕像內部的鉛質心體斷成兩半，這的確是一次劇烈恐怖的爆裂。

第二天一大早，鎮民代表伴隨市長走進廣場，當他們路經高柱仰望雕像時，驚訝地說：「天呀！快樂王子怎麼變得這麼破爛！」

「劍上的紅寶石沒了、眼珠被盜走，一身金裝全都剝落了。」市長諷刺著說：「只比乞丐好一點！」

「只比乞丐好一點點而已。」鎮民代表附和著。

「他腳邊還有一隻死掉的小鳥。」市長說。

「我們應該貼一張公告，不准鳥死在這裡。」市鎮官員立刻做了紀錄。

他們拆除快樂王子的雕像，因為大學的美術教授說：「既然快樂王子不再美麗，放在這裡也沒什麼用了。」

他們將快樂王子的雕像丟進熔爐裡，市長召開法人會議，表決要做什麼新雕像。

「我們當然該有一座新雕像。」市長說：「這次該做我的雕像了！」

「做我的吧！」每位鎮民代表都這麼說，接著爭論不休。我最後一次聽到時，他們還在討論雕像，依然喋喋不休地爭執。

「真令人百思不解！」鑄鐵工的監督者匪夷所思地說：「裂掉的鉛質心體怎麼可能熔不掉？乾脆扔了它吧！」於是他們把它扔進垃圾堆裡，這垃圾堆裡還躺著死去的小燕子。

「將這城市裡最珍貴的兩件寶物帶來給我。」上帝命令天使這麼做，而天使為他帶回來的是快樂王子的鉛質心體和死去的燕子。

「選得好！」上帝說：「因為在我的天堂花園裡，燕子應該無憂無慮地鳴唱；在我的黃金城堡裡，快樂王子應該為我歌頌。」

夜鶯與玫瑰

The Nightingale and the Rose

於是她的歌聲越發狂野，她歌唱的愛情因死亡而完美，卻不因死亡而凋零。

　　Bitter, bitter was the pain, and wilder and wilder grew her song, for she sang of the Love that is perfected by Death, of the Love that dies not in the tomb.

「**她**說，如果我能送她紅玫瑰，她就願意與我共舞。」一位年輕學生啜泣著說：「但是，我的整座花園裡，連一朵紅玫瑰都沒有。」

在冬青樹叢中築巢的夜鶯聽到了學生的嘆息，便從葉片的縫隙看出去，想知道發生了什麼事。

「我的花園沒有紅玫瑰。」他哭了，漂亮的眼眸裡充滿淚水，「啊！快樂建築在多麼渺小的事件上呀！我讀過所有智者的著作，也懂得哲學的祕密，然而，為了找一朵紅玫瑰，卻讓我如此苦惱。」

「終於有一位真正的有情人。」夜鶯說著：「夜復一夜，我一直在為他唱歌，雖然我不認識他；夜復一夜，我將他的故事說給星星聽，如今我終於見到他。他的髮色深如風信子花，他的唇紅得有如他渴求的紅玫瑰，但是渴望卻讓他的臉泛白如象牙，悲傷則讓他眉頭緊鎖。」

「明晚王子會舉行舞會，」年輕學生喃喃說著：「而我心愛的女孩會去，若我帶著紅玫瑰送給她，她將與我共舞直到黎明；若我帶著紅玫瑰送給她，我就能擁她入懷，她會將頭靠在我的肩膀上，緊握著我的手。但是，我的花園裡沒有紅玫瑰，所以，我一定會孤單地坐著，她經過我身邊時，不會注意到我，而我將會心碎。」

「的確是一位有情人，」夜鶯聽完又說：「我的歌聲傳遞的愛情，讓他受苦了。我的快樂，卻讓他難受。當然，愛情是一樁美事，它比綠寶石珍貴，也比貓眼石完美。珍珠與石榴果無法換取愛情，愛情也不可能放在市場上供商人叫賣，更不能用斤兩來權衡。」

「樂師會各就各位，」年輕學生說：「彈奏他們的弦樂器，我親愛的女孩會隨著豎琴及小提琴的音樂翩翩起舞。她的舞步輕盈，幾乎碰不到地板，身著錦衣的朝臣們將會簇擁而上，但是她不會與我共舞，因為我連一朵能獻給她的紅玫瑰都沒有。」他跌坐在草地上，雙手掩面哭泣。

「他為什麼哭？」一隻綠色的蜥蜴疑惑地問，高舉尾巴經過學生的身邊。

「對呀！為什麼哭？」一隻蝴蝶也問，在一束陽光下振翅。

「就是說！有什麼好哭的呢？」坐在一旁的雛菊輕柔地對鄰居耳語。

「他因為找不到紅玫瑰而哭泣。」夜鶯解除大家的疑惑。

「就為了一朵紅玫瑰？」他們驚訝地說：「多可笑呀！」蜥蜴帶著點嘲諷的語調，噗嗤笑了出來。

但是夜鶯能體會這個學生為何悲傷，她不發一語地坐在橡樹梢上，細細思考著愛情之謎。

突然間，她展開褐色羽翼飛離，翱翔於高空，她如影子般飛越一座樹叢，又像影子般閃過花園。在草原的中央，有一株漂亮的玫瑰樹，當她看見這株玫瑰樹，便毫不猶豫地飛過去。

「送我一朵紅玫瑰吧！」夜鶯祈求著：「我會用我最甜美的歌聲回報你。」但是玫瑰樹搖頭。

「我的玫瑰是白色的，」他回答夜鶯：「像海浪的泡沫一樣白，比山上的積雪還白。不過你可以去找我的兄弟，他被種在舊日晷旁，也許他能給妳想要的東西。」

於是，夜鶯從這株玫瑰上空飛過，準備去舊日晷那頭尋找。

「送我一朵紅玫瑰吧！」小夜鶯祈求著，「我會用我最甜美的歌聲回報你。」

但是這株樹也搖頭。

「我的玫瑰是黃色的，」他回答夜鶯：「像坐在琥珀寶座上的美人魚的頭髮那樣黃，而且還比割草機的鐮刀輾過前、草地上的水仙花還要黃。不過你可以去找我的兄弟，他被種在那個學生的窗戶下面，也許他能給妳想要的東西。」

於是，夜鶯又從這株玫瑰上空飛過，準備去學生的窗戶下方尋找。

「送我一朵紅玫瑰吧！」夜鶯祈求著，「我會用我最甜美的歌聲回報你。」

但是這株樹依然搖頭。

「我的玫瑰是紅色的沒錯。」他回答夜鶯：「像鴿子的腳一樣紅，而且比海洋洞窟中，隨波飄揚的珊瑚扇還要紅。但是寒冬將我的莖凍傷了，冰霜將我的花苞掐斷，暴風雪把我的枝葉吹斷，我今年恐怕開不出玫瑰花了。」

「我只要一朵紅玫瑰呀！」夜鶯低啼，「只要一朵。真的沒有其他辦法了嗎？」

「有。」這株玫瑰樹回答：「但是作法很可怕，我不敢告訴妳。」

「告訴我吧！」夜鶯堅定地說：「我不怕。」

「如果妳想要一朵紅玫瑰，妳就得藉著月光，用歌聲創造出玫瑰。妳必須歌唱一整夜，我的刺會穿透妳的心，而你的鮮血會順著莖脈流進我身體，變成我的。」

「要用生命換一朵紅玫瑰，代價太大了，」夜鶯哭著說：「生命對任何人都是彌足珍貴的。坐在綠色灌木林中看陽光駛著金色馬車，看月光駕著珍珠馬車，是多麼地快樂。山楂樹和山谷後面的吊鐘花、山丘上的藍風鈴，它們的滋味如此甜美。但是愛情比生命重要，小鳥兒的心與人類的心，又怎麼能比較？」

於是她展開褐色翅膀飛翔，輕盈地飛過花園，又如影子般飛進了樹叢。

夜鶯飛過時，年輕的學生依然躺在草地上，而且他漂亮的眼眸上，淚水還沒乾。

「高興一點吧！」夜鶯衷心地說：「高興一點吧！你會得到想要的紅玫瑰的，我會在月光下用歌聲做一朵給你，並且用我內心的鮮血染紅它。我唯一的要求，是希望你做一位忠於愛情的人。因為愛情比哲學更有智慧，比權力還偉大，愛情的羽翼和身體有如火焰般熾烈，它的唇像蜂蜜般甜美，它的氣息如同乳香般芬芳。」

這個學生坐在草地上，視線往上凝視，並聚神聆聽，但是他並不了解夜鶯在說些什麼，因為他只懂得書裡寫的文字。

但是橡樹了解，並且深感悲傷，因為他非常喜歡這隻在他枝枒間築巢的夜鶯。

「為我高歌最後一曲吧！」橡樹細語道：「妳走後我會感到非常寂寞。」

於是夜鶯為橡樹而唱，她的歌聲就像是裝水的銀罐子裡的泡沫般，逐漸消散。

當夜鶯的歌聲終止，年輕學生從草地起身，從袋子裡拿出筆記本與鉛筆。

「她很有格調。」他自言自語，走離樹叢……「她不可能會拒絕，不過她對我有感覺嗎？真怕她沒有，事實上，她像大部分的藝術家，有獨特的氣質，但是一點也不誠懇，也不肯為人犧牲，腦裡幾乎只有音樂。每個人都知道，藝術是自私的。她的聲音雖美，可惜卻不具任何意義，稱不上真正的出眾。」

他進了房間，躺在他的單人床上，開始想著他的愛情，不久便沉沉睡去。

當月光在天際閃爍著光芒時，夜鶯飛向玫瑰樹，她整晚將胸膛深入玫瑰刺，而且歌聲不絕。冰冷的月光只是斜倚，傾聽小夜鶯的歌聲。她唱了一整夜，玫瑰刺逐漸穿透她的胸膛，而她的生命之血也逐漸流乾。

她最初唱的是由男孩和女孩內心誕生的愛情，而在玫瑰樹的頂端，綻開了一朵奇異的玫瑰花，花瓣隨著歌聲相繼綻放。一開始，當霧氣飄盪在河流上，花瓣是蒼白的，像清晨的足跡般黯淡，像黎明的翅膀般銀白。當銀光映照出玫瑰花的影子，當池水中出現玫瑰，正是玫瑰花在玫瑰樹的頂端綻放之時。

但是玫瑰樹要夜鶯將身體再往刺接近，「身子再壓緊一點，否則花還沒開完，白天就要來臨了。」

所以夜鶯將身體緊緊貼向刺，她的歌聲愈來愈大，因為她正在歌詠世間男女靈魂裡誕生的熱情。

於是一抹嫣然細緻的粉紅出現在玫瑰葉上，就像新郎親吻新娘的嘴唇時，臉上浮現的紅暈。但是刺還沒刺入夜鶯的心臟，所以玫瑰的花蕊仍是白色的，只有夜鶯內心鮮紅的血才能染紅玫瑰的花蕊。

於是玫瑰樹又叫夜鶯的胸膛再貼緊刺株一些，「靠近點，小夜鶯，否則花還沒開完，白天就要來臨了」。夜鶯更加靠近刺株，終於刺進心臟，一陣猛烈的痛楚襲擊了夜鶯。真是痛苦呀！於是她的歌聲愈發狂野，她歌唱的愛情因死亡而完美，卻不因死亡而凋零。

然後，不可思議的玫瑰綻放著鮮紅的花瓣，就像旭日東升時的紅光，不但花瓣鮮紅亮麗，連花蕊都像紅寶石般亮麗。

但是夜鶯的歌聲開始微弱，她的小翅膀開始拍擊，雙眼也闔緊了，歌聲愈來愈虛弱，直到她覺得喉頭好像哽住了。

最後，她發出最後一點點歌聲，畫下休止符。銀白的月亮聽到了，她忘記破曉將至，還逗留在天際不歸去；紅玫瑰聽到了，她心醉地抖動著，在冷冽的早晨盛開著，回音迴盪在山坡上透出紫光的洞穴裡，將牧羊人從夢中驚醒。那聲音漂浮在河流的蘆葦間，傳送訊息給大海。

「看呀，快看呀！」玫瑰樹叫著：「妳完成紅玫瑰了！」但是夜鶯沒有回答，因為她已經死在茂密的草叢裡了，胸膛上還有刺。

到了中午，學生打開他的窗戶並向外張望。

「我怎麼那麼幸運呀！」他驚叫著：「開了一朵紅玫瑰呀！我一輩子還沒看過這麼漂亮的紅玫瑰，它這麼漂亮，一定有一串長長的拉丁名字。」然後他俯身摘下它。

他戴上帽子，手裡拿著玫瑰直奔教授家。

教授的女兒正坐在門邊，繞著藍色絲線捲軸，腳邊躺著她養的小狗。

「妳說過，只要我送妳一朵玫瑰，就願意與我共舞？」學生興奮地說：「我有一朵全世界最紅的玫瑰，妳可以將它別在胸前，當我們共舞時，它會告訴妳我多麼愛妳。」

但是女孩皺眉。

「我怕和我的禮服不搭調，」她回答：「而且，宮廷大臣的姪子送了我價值不菲的珠寶，任誰都知道珠寶的價值遠勝過鮮花。」

「好吧，我的結論就是，妳非常不懂得感恩。」年輕學生生氣地說著，憤怒地把玫瑰丟向街頭，玫瑰被丟到排水溝邊，正好被一輛馬車輾過。

「不懂得感恩？」女孩重複他的話，「我告訴你吧！你太魯莽了，還有，你以為你是誰？只不過是一個學生而已，我才不相信你能像宮廷大臣的姪子一樣，連鞋子上都有純銀的釦子。」然後她從椅子上起身，進去屋裡。

「愛情真是愚蠢，」學生離去時說：「甚至不及邏輯學的一半實用。因為愛情無法證明什麼，它總是在訴說某一個事件不會發生，並且讓人相信事情並不是真的。事實上，愛情相當不實際。然而，在這個年頭，一切都講求實際，我該回到哲學領域去鑽研玄學。」

於是，他回到房間，拿出灰塵最多的那本書，開始研讀。

自私的巨人
The Selfish Giant

當其他小孩看到巨人不再那麼邪惡，便又跑回來玩；接著，春天也回來了。

　　And the other children, when they saw that the Giant was not wicked any longer, came running back, and with them came the Spring.

每 天下午，這群小孩從學校放學回來，都會到巨人的花園裡玩。

那座花園很大很美，有大片的柔軟草坪，漂亮的花朵如繁星般盛開，點綴著草坪；有十二株桃樹，在春季綻放著粉紅和珍珠白的花朵，嬌嫩欲滴；秋季則結出豐沛多汁的水果。鳥兒在枝頭上歌唱，孩子常常因為悅耳的歌聲而忘了遊戲。「我們在這裡多麼高興呀！」他們大聲地對彼此說著。

一天，巨人回來了。他去康瓦爾郡拜訪友人，結果一待就是七年。七年以後，覺得該說的都說完了，因為他話不多，於是決定回到自己的城堡。他一到家，就看到小朋友們在他的花園裡玩耍。

「喂！你們在這裡做什麼？」他的聲音很粗暴，於是小朋友都被嚇跑了。

「花園是我一個人的，」巨人說道：「每個人都應該明白這個道理。除了我自己，我才不讓任何人來我的花園玩。」於是他蓋了高牆圍繞著花園，並放了一塊告示牌：

「禁止入內，違者必究！」

他是一個非常自私的巨人。

這群可憐的小孩從此無處可玩。他們試著在大街上玩耍，但是路上很多灰塵，還有很多大石塊，他們不喜歡在大街上玩。下課後他們會在高牆周圍徘徊，聊著高牆內的花園有多美麗，「我們以前在花園裡玩是多麼快樂呀！」他們交頭接耳地說著。

　　然後，春天來臨了，整個國家充滿鳥語花香，只有自私巨人的花園，還停留在冬天。小鳥們不想歌唱，因為那邊沒有小孩的笑聲，連樹木也忘記開花。有一次，一朵漂亮的花朵從草地裡探出頭來，但是當她見到告示牌上警告小朋友的標語，感到很難過，又再度滑進土裡沉睡。只有霜和雪感到高興。

　　「這座花園被春天遺忘了，」他們說：「所以我們要在這裡待一整年。」草坪被蓋上厚重的積雪，霜將樹枝漆成銀白色，他們接著邀請北風前來。北風來了，它呼嘯著，在花園裡怒號了一整天，將屋頂上的煙囪罩都吹了下來。

　　「這裡真是個好地方，」北風說：「我們一定得邀請冰雹來。」

　　於是冰雹來了。他花三個小時跑得飛快，將城堡的屋頂弄得嘎嘎作響，弄壞了屋頂上的石板；他在花園裡跑得飛快，穿著灰袍，鼻息有如寒冰。

　　「我真不明白為什麼春天來得這麼晚，」自私的巨人坐在窗邊，向外看著他那雪白的花園時說：「我希望天氣轉變。」

　　但是春天不曾光臨，連夏天也不來，秋天為每座花園帶來金黃的果實，卻不肯為巨人的花園添點秋意。秋天說：「那個巨人太自私了。」因此，花園裡只有冬天和北風，冰雹和霜雪。

　　一天清晨，巨人聽到美妙的音樂，從床上醒來，那聲音太悅耳，讓他以為是國王的樂隊路過，其實，那只不過是小紅雀在他的窗外唱歌，但是因為他太久沒有聽到小鳥在他的花園裡唱歌，所以他覺

得那聲音是全世界最優美的樂曲。於是冰雹不再去他的頭頂跳舞，北風停止了怒吼。一陣清香從他敞開的窗扇中飄了進來，「我想，春天終於來臨了。」於是他從床上跳下來，往窗外看。

他看到了什麼？

他看到有史以來最美麗的景觀。圍牆上有一個小洞口，小朋友們爬進來坐在樹枝上。每棵樹上都坐著一個小朋友，而且這些樹木對於小朋友們再度回來，感到好高興，他們報以滿樹盛開的花朵，並在小朋友的頭頂上輕輕揮舞著枝枒，鳥兒飛上飛下，快樂地唧唧喳喳，花兒在綠草間抬頭張望，開懷大笑。這畫面真是美麗，只剩下一個角落還在過冬，那是花園最遙遠的角落。那裡站著一個小男孩，他太瘦小了，爬不上高高的樹枝，他在附近徘徊，難過地哭了起來。那棵可憐的樹依然被霜雪覆蓋著，北風在樹枝上呼嘯，「小男孩，爬上來吧！」樹急了，他把樹枝盡可能彎到最低，但是小男孩個子太小了，還是上不去。

巨人看到這一幕時，他的心融化了，「我以前多麼自私呀！現在我知道為什麼春天不來了，我要把那個可憐的小男孩送到樹上，還要敲掉圍牆，我的花園應該永遠永遠都是孩子的遊樂場。」他說。並對於自己過去的所作所為感到難過。

於是，他爬下樓梯，輕巧地打開前門，走進花園。但是小朋友們一看到巨人，就嚇得逃跑了，於是花園又變回了寒冬。只有那個小男孩沒跑開，因為他的眼睛裡充滿淚水，根本沒看到巨人來了。巨人偷偷跑到小男孩的身後，將他輕輕抱起來，送到樹上。這棵樹馬上開了花，小鳥也飛過來唱歌了，小男孩伸出手臂圈住巨人的脖

子，並親吻巨人。當其他小孩看到巨人不再像以前那麼邪惡，便又跑回來玩，接著，春天也回來了。

「孩子們，現在花園是你們的了。」巨人說完，拿出巨斧敲掉了圍牆。人們在正午到達市場時，看到巨人和孩子們在他們所見過最美麗的花園裡嬉戲。

他們玩了一整天，到了晚上，向巨人道別。

「不過，你們還有一個同伴在哪裡？」巨人說：「就是被我抱到樹上的那個。」

巨人最喜歡他，因為他親了巨人。

「不知道，」小朋友們回答：「他已經走掉了。」

「你們一定要告訴他，明天要再來這裡玩。」巨人囑咐著。但是孩子們告訴他，他們並不知道那個小男孩住在哪裡，也從來沒看過他。巨人聽了感到很悲傷。

每天下午，學校放學後，小朋友們都來找巨人玩，但是巨人喜歡的那個男孩不再出現。巨人對每位孩子都很好，不過他渴望見到第一個和他做朋友的小男孩，而且時常提到他：「我多想再見到他呀！」

好幾年過去了，巨人變得非常老邁且虛弱，不能再和小朋友一起玩了，所以他坐在一張大扶手椅上，看著小朋友們玩耍，欣賞他的花園。

「我有好多漂亮的花朵，」他說：「但是小朋友比花朵還要漂亮。」

一個冬天早晨，當他穿衣服時，向窗外望去，發現自己不再討厭冬天了，因為他知道，這時候只不過是春天睡了而已，花朵也在休息。

他揉揉眼睛，且四處張望，突然間不可思議的景象出現了。在花園最遠的角落裡，有棵樹上開滿了漂亮的小白花，樹枝變成金色，垂掛著銀色果實，他深愛的那個小男孩就站在樹下。

巨人興奮地跑下樓，衝到花園裡，他急忙越過草地，走近那個孩子。當他接近小男孩時，不禁氣得滿臉通紅，巨人說道：「是誰這麼大膽，竟敢讓你受傷？」因為小男孩的手掌上有兩道指甲抓傷的印子，小腿上也有兩條指甲印。

「是誰這麼大膽，竟敢讓你受傷？」巨人激動地說：「告訴我，我要拿劍殺死他。」

「不！」小孩回答：「這些是愛的傷痕。」

「你是誰？」巨人問著，一股奇異的敬畏感襲來，巨人不由自主地在小男孩的面前跪下。

小男孩對巨人微笑，並對他說：「你曾讓我在你的花園裡玩耍，今天，該換你到我的花園了，那裡就是天堂。」

　當天下午，孩子們一如往常跑進花園遊戲時，發現巨人躺在那棵樹下死去了，全身被小白花覆蓋著。

忠實的朋友

The Devoted Friend

『我親愛的朋友，我最好的朋友，』小漢斯著急地說：『歡迎你帶走整座花園裡的花，你對我的看法比我的銀鈕扣重要多了。』

'My dear friend, my best friend,' cried little Hans, 'you are welcome to all the flowers in my garden. I would much sooner have your good opinion than my silver buttons, any day'

　　━━天早上，一隻老水鼠從洞口探出頭來，他的眼睛明亮得像兩顆珠子，灰色的鬍鬚硬梆梆地翹著，尾巴像是黑色的印度橡膠。小鴨子們正在池塘游泳，看上去就像一群黃色的金絲雀，他們的母親有著紅色的雙腳，此外則一身純白，她正在教小鴨子們如何在水中倒立。

　　「除非你們能倒立，否則進不了上流的社交圈。」她諄諄叮嚀，並且隨時示範。小鴨子們太小了，毫不了解良好的社交有何好處。

　　「真是不聽話的小孩，」老水鼠唯恐天下不亂，「他們真該被淹死。」

　　「不是這樣的。」母鴨說：「每個人總有開始呀！做父母的總要有耐心！」

　　「啊！我對為人父母的心情一無所知，」水鼠說：「我不是居家型的。說真的，我沒結過婚，也不想結婚，愛情固然可貴，但是友誼更珍貴，事實上，我知道世界上沒有什麼比忠實的友誼更高貴、更稀罕的。」

　　「那麼，請你告訴我，一位忠實的朋友有哪些責任呢？」坐在柳樹旁的綠色紅雀回答，他在無意中聽到這個對話。

　　「對，這就是我想知道的。」母鴨說完，游到了池塘邊。她做出倒立的姿勢，好示範給孩子看。

　　「多愚蠢的問題！」水鼠嚷著：「我當然會希望忠實的朋友能為我犧牲奉獻。」

「那你要怎麼回報他？」一隻鳥兒說，他拍打著自己的小翅膀，在水面上激起銀白色的水花。

「我聽不懂你在說什麼。」水鼠說。

「那麼我就以此為主題告訴你們一則故事。」紅雀說。

「這故事說的是我嗎？」水鼠發問：「如果是，我當然要聽，因為我非常喜歡聽故事。」

「這故事可適用於你。」紅雀回答，並飛下來停在堤岸上，準備說出一個有關忠實朋友的故事。

「很久以前，」紅雀開始說：「有一個名叫漢斯的誠實小傢伙。」

「他很與眾不同嗎？」水鼠問道。

「不，」紅雀回答：「我一點也不認為他與眾不同，不過他有一顆仁慈的心和一張滑稽的圓臉。他獨自住在小農舍裡，每天都在花園裡工作。整個鄉間，沒有任何花園比他的花園還美麗。那裡有洋石竹、紫羅蘭，以及薺菜、法國虎尾草，還有花緞玫瑰、黃玫瑰、紫丁香、番紅花；另外還有金色、紫色和白色的紫羅蘭；也有耬斗菜、白星海芋、馬鬱蘭和野羅勒，以及西洋櫻草、鳶尾花、水仙、粉紅色丁香。這些花朵隨著時令花開花謝，花朵輪流種在同一個地方，所以，他的花園隨時有美好的東西可供觀賞，芬芳的香氣總是撲鼻而來。

小漢斯擁有許多朋友，但他最忠實的朋友其實是磨坊主人大修。

的確，富有的磨坊主人非常忠實，每當他路經漢斯的花園時，總不忘靠近牆邊摘些花朵，或摘一把香草，如果是水果豐收的季節，他絕對會抓些李子或櫻桃，把口袋塞滿。

『真正的朋友應該共享一切。』磨坊主人曾經這麼說，小漢斯點頭微笑，他為擁有這樣一位見解不凡的朋友感到驕傲。

有時鄰居們認為那位富有的磨坊主人從不給小漢斯一些東西作為回饋，儘管他有一百袋麵粉的存貨、六隻乳牛、一大群長毛羊。但是漢斯從不花心思計較這些，因為沒有任何事情比得上聽磨坊主人談論無私真誠的友誼，可以讓他得到更大的快樂。

所以，小漢斯在花園裡辛勤工作，在春天、夏天、秋天，他都很快樂，但是到了冬天，他就沒有鮮花或是水果能拿到市場上賣了。他因飢寒交迫而感到痛苦，而且常常沒有晚餐，只吃乾梨和堅果充飢便上床睡覺了。而且冬天也是他最寂寞的時候，因為磨坊主人從來不在冬天拜訪他。

『只要還下著雪，我就不該去看小漢斯。』磨坊主人曾經對妻子說過：『當別人在受苦時，我們就應該讓他獨處，不要去打擾他。至少這是我對友誼的想法，而且，我相信我是對的。所以，等春天來了，我會去拜訪他，他就能給我一大籃的櫻草花，這會讓他很高興的。』

『你對人真是體貼呀！』磨坊主人的妻子回答，她坐在舒適的扶手椅上，在松木火爐旁說：『真的好體貼。聽你談論友誼，是一種享受，我相信就連那些住在三層樓豪宅、小指戴著金戒指的教士，

也無法說得像你那麼精彩。』

　　『但是我們不能讓小漢斯過來這裡嗎？』磨坊主人的小兒子說：『如果可憐的漢斯正在受苦，我要將我的燕麥粥分一半給他，還要讓他看我的小白兔。』

　　『真是個笨兒子，』磨坊主人說：『我真不知道送你到學校去有什麼用，你好像沒學會任何東西。聽著，如果小漢斯來這裡，看到我們溫暖的火爐、豐盛的晚餐和上好的紅酒桶，他就會羨慕死了。羨慕是最可怕的事情，會毀了人的本性，我當然不會讓漢斯的本性被摧毀，我是他最要好的朋友，我要一直照顧他，不讓他受到任何誘惑。而且，如果漢斯來了，他會想向我賒一些麵粉，我不能這麼做，麵粉是麵粉，友誼是友誼，二者不能混為一談。你看，這兩個字的寫法就不同了，指的當然是兩回事，這是每個人都知道的。』

　　『你說得真是太好了，』磨坊主人的妻子說，並為自己斟上一大杯麥酒，『我覺得昏昏欲睡，就好像在教堂聽佈道一樣。』

　　『大多數的人能做得好，』磨坊主人回答：『但是很少人能說得好，也就是說，說與做二者之間，說比較困難。』他嚴肅地盯著桌子對面的小兒子，小男孩羞愧地低下頭來，滿臉通紅，沮喪地喝著茶。『然而，他年紀這麼小，所以還可以原諒。』」

「故事講完了嗎？」水鼠發問。

「當然沒有，才剛開始呢！」紅雀說。

「那你真是落伍了。」水鼠說：「這個時代會說故事的人，都

先說結尾，然後才從頭說起，接著在中間做結論，這是最新的方式。我前幾天聽到，有位評論家和一位青年在池塘旁散步，評論家講了很久，我也相信他一定是對的。因為他戴著藍色鏡框的眼鏡，頭是禿的，每當青年說話時，他總是回答：『呸！』。不過，請你繼續說你的故事，我非常喜歡磨坊主人，他有各種妙不可言的看法，我覺得我和他心靈相通。」

「好吧，」小紅雀說著，雙腳交互地以單腳跳躍，「『只要冬天結束，櫻草就會開出淡黃色的星子。』磨坊主人對妻子說，那時他就會去探望小漢斯了。

『唉呀！你真是好心腸呀！』他的妻子說：『總是為人著想。到時候你能不能拿個大籃子去摘些櫻草花回來？』

於是，磨坊主人將風車的翼板用粗鐵鍊固定好，扛了一個籃子下山去。

『早安，小漢斯。』磨坊主人說。

『早安。』漢斯回答。倚著他的鐵鍬，笑容滿面。

『你這個冬天好嗎？』磨坊主人說。

漢斯回答：『很好呀，聽到你的問候真好，真的。我一直擔心冬天過得很困苦，但是現在春天已經來了，我好高興，我所有的花都開得很茂盛。』

『整個冬天，我們常常提到你，漢斯，』磨坊主人說：『很想

知道你過得好不好。』

『你人真好，』漢斯說：『我有點害怕你忘記我了。』

『漢斯，我真驚訝你會這麼說。真正的友誼是不會被遺忘的，那是多美好的一件事呀！不過我想你並不了解生活的詩意。你的櫻草多可愛呀！一株接著一株長著。』磨坊主人說。

『它們真的很可愛。更幸運的是，我有這麼多。我要拿去市場賣給鎮長的女兒，然後用賣得的錢買回我的手推車。』漢斯說。

『買回你的手推車？你不是說已經賣掉了？賣了還買回來，真是愚蠢。』

『唉！實際上我當初不得不賣。』漢斯說：『冬天時我實在很窮困，沒錢生活。所以我先賣掉假日禮服上的純銀鈕釦，然後是銀鍊子，接著賣掉我的大菸斗，最後只好賣掉手推車，但是我現在準備將它們買回來。』

『漢斯，我把我的手推車給你，不過上次沒有修好，其中一側已經壞了，另外一邊的輪胎輻條也有問題，我要將它送給你，但是我知道自己太慷慨了。很多人會認為，我這麼做很笨，不過我並不像一般人這麼想。我認為，慷慨大方是友誼的本質，何況我已經買新的手推車了，所以你放心，我會將我的舊手推車送給你。』磨坊主人說。

『唉！你真的真的很慷慨。』小漢斯說，他討喜的圓臉散發著喜悅，『我能很輕鬆地修好它，因為我家裡有一片木板。』

　　『木板呀？』磨坊主人說：『唉呀！剛好我倉庫的屋頂要修，上面破了好大一個洞，如果我不趕緊修補它，麥子都會濕掉，幸好你提到這件事！好心有好報這句話真是一點都沒錯。好了，我很快就會將我的手推車送給你，現在你先將木板拿來。當然啦，手推車的價值遠超過木板，不過真正的友誼是不會計較這些的，拜託你趕快去做，我才能開始工作。』

　　『當然好。』小漢斯說著，便跑進屋裡，將木板挖出來。

　　『這塊木板不是很大，』磨坊主人看著它說：『我怕我修好屋頂之後，剩下不多讓你修理手推車了。不過，這當然不是我的錯。而且既然我已經將我的手推車給了，我相信你也會願意回送我一些花吧？這裡是籃子，你不介意把它裝滿吧？』

　　『裝滿啊？』小漢斯傷心地說，因為那個籃子真的好大。他很明白，如果裝滿一籃子花，他就沒有花送去市場賣了，而且他很想買回自己的銀鈕子。

　　『唉！』磨坊主人說：『我連手推車都送你了，向你要一些花應該也不為過。看來我想錯了，真正的友誼，在自私的人心中是不存在的。』

　　『我親愛的朋友，我最好的朋友，』小漢斯著急地說：『歡迎你帶走整座花園裡的花，你對我的看法要比我的銀鈕釦重要多了。』於是他摘下所有的漂亮櫻草花，裝滿了磨坊主人的大籃子。

　　『再見，小漢斯。』磨坊主人肩上扛著木板，手上提著一大籃

櫻草花走上山頭時說著。

『再見。』漢斯揮手道別，然後開始辛勤工作，為了即將擁有的手推車而滿心歡喜。

第二天，當他正在將忍冬釘上門邊，突然聽到磨坊主人在路邊叫他，於是他立刻跳下梯子，跑去花園，攀上圍牆往外看。

磨坊主人背上扛著一大袋麵粉。

『親愛的漢斯，你願意幫我揹這袋麵粉去市場嗎？』磨坊主人說。

『喔！對不起。我今天真的很忙，要釘好門框，要替所有的花苗澆水，還要整理草坪。』漢斯說。

『唉！想想看，我都快要將手推車送你了，你拒絕幫我送麵粉真是不夠朋友。』磨坊主人說。

『哦！快別這麼說。我不會不夠朋友的。』漢斯說。於是他去拿了帽子，將磨坊主人沉重的麵粉袋取過來，放在自己肩上。

這天很熱，道路滿是塵土，在漢斯到達六哩遠的市場之前，他已經累得必須坐下來休息。然而，他依然勇敢地趕路，終於來到了市場，並賣了很好的價錢，然後立刻回家，因為他怕待太晚，路上會遇到搶匪。

『今天真辛苦，』小漢斯自言自語著：『但我很高興沒拒絕磨

坊主人，因為他是我最要好的朋友。除此之外，他馬上就要將他的手推車送給我了。』

第二天一早，磨坊主人就下山去找漢斯拿賣麵粉的錢，但是小漢斯太累，在床上爬不起來。

『我說呀！』磨坊主人說：『你真是太懶了，我就快要把手推車給你了，你應該更加努力工作啊！懶惰是罪大惡極的表現，我不希望有個懶惰或打混的朋友。你一定不介意我這麼坦白地說你吧？當然，如果我不是你的朋友，我才不會這麼說。但是，如果不能說真心話，就太不夠朋友了。每個人都會說好聽的話去取悅甚至諂媚別人，真正的朋友才會忠言逆耳，不怕傷到對方，真正的好朋友會喜歡這樣，他知道說這些話是對他好。』

『真的很抱歉，』小漢斯說著，一邊揉著眼睛，一邊脫下睡帽，『但是我太累了，所以才在床上躺一會兒，聽聽鳥叫。你知道嗎？疲累後聽聽鳥鳴，我會工作得更起勁。』

『好！我很高興是這樣子。』磨坊主人說著，拍拍漢斯的背，『穿好衣服，因為我要你過來幫我修屋頂。』

可憐的小漢斯急著想去花園裡工作，因為他的花已經兩天沒澆水了，但是他不願意拒絕磨坊主人這個好朋友。

『如果我說我很忙，你會不會覺得我不夠朋友？』他怯懦又抱歉地詢問。

『說實話，我不覺得自己對你要求太多，你想想，我即將要把

手推車送給你了。但是如果你拒絕，我就自己去修囉！』磨坊主人說。

『喔！別這麼說。』小漢斯從床鋪一躍而起，整裝完畢，就去了穀倉。

他在那兒工作了一整天，直到太陽下山，磨坊主人才去看他做得如何。

『屋頂的洞修好了沒，小漢斯？』磨坊主人高興地說。

『修好了。』漢斯下了梯子。

『哦！沒有什麼比為別人工作還要快樂的了。』磨坊主人說。

『你有權利這麼說。』小漢斯坐下來擦拭額頭，『你的確有權如此。但是我恐怕永遠說不出這麼好聽的話。』

『哦！總有一天你會的。但是，你要承受更多的辛勞，現在的你只是在實踐友誼，總有一天，你會想通友誼的道理。』磨坊主人說。

『你真的覺得我可以嗎？』小漢斯問。

『毋庸置疑。』磨坊主人說：『但是，現在你已經修好屋頂了，你最好快點回家休息，因為明天我要你幫我把羊群趕到山頂。』

可憐的小漢斯很害怕對這個要求有意見。第二天一早，磨坊主人將羊趕到漢斯的木屋，漢斯便將羊趕上山頂。他奔波了一整天，

回到家時，已經非常疲倦，他坐在椅子上睡著了，直到第二天天亮。

『能在自己的花園裡工作是多麼地開心呀！』說著，他立刻到花園工作。

但是，他有一種無法好好照料自己花草的感覺，因為他的朋友磨坊主人總是跑來差遣他要他跑腿，或者要他去磨坊幫忙。小漢斯有時非常苦惱，怕花兒以為主人遺忘它們了，但是他安慰自己，磨坊主人是他最好的朋友，而且還說要送他手推車，那才是真正的慷慨呢！

於是小漢斯又去幫助磨坊主人，而磨坊主人總是說些關於友情的好聽話，漢斯在筆記本裡寫下這些話，並且在夜裡研讀，因為他是最好學的人。

有天晚上，當小漢斯坐在火爐邊的時候，門外傳來大聲的呼喊。那是一個狂暴的夜晚，狂風在房屋四周呼嘯著，一開始小漢斯以為是暴風雨的聲音，後來又有第二聲，第三聲，愈來愈大聲。『大概是哪個可憐的旅人。』小漢斯說著跑去開門。

門外站著磨坊主人，一手提著夜燈，一手拄著拐杖。

『親愛的小漢斯，』磨坊主人在風雨中大叫：『我麻煩大了。我的小兒子從梯子上摔下來受傷了，我要去找醫生，但是他住得太遠了，風雨又這麼大，你去比我恰當，你知道的，我即將要把手推車送給你，你要對我有所回饋，比較公平。』

『當然。』小漢斯說：『我很高興你來找我，我馬上去。不過

你必須借我燈，天這麼黑，我怕我會從山溝裡掉下去。』

『真是抱歉，』磨坊主人回答：『不過這是我新買的燈，如果弄丟了，會造成很大的損失。』

『好吧！別介意我說的話，我沒有燈也能去。』小漢斯說完，取下他的羽毛夾克和深紅色的厚帽子，繫了一條圍巾在脖子上，開始出發。

『好可怕的風雨呀！』夜很黑，黑到小漢斯幾乎什麼也看不見，但是，他非常勇敢，三個小時後，他走到了醫生家的門口，伸手敲門。

『誰呀？』醫生說著，並且將頭伸出窗外張望。

『我是小漢斯，醫生。』

『你要做什麼，小漢斯？』

『磨坊主人的兒子從樓梯摔下來受傷了，磨坊主人要我請你立刻過去。』

『好。』醫生說，於是他準備了馬匹，穿上馬靴，取來照明的燈，下了樓梯，直往磨坊主人的家，小漢斯蹣跚地尾隨其後。

但是風雨愈來愈大，雨湍急地下著，小漢斯的視線模糊，根本不知道自己身在何方，也跟不上那匹馬。他迷路了，很想離開那片危險的荒野，那裡滿是深邃的坑洞。小漢斯不幸地淹死了。第二天，

他的屍體漂浮到大水池裡，被一些牧羊人尋獲，才被帶回他的小屋。

　　所有的人都去參加漢斯的葬禮，因為他很受大家歡迎。而磨坊主人則是主祭者。

　　『因為我是他最好的朋友，』磨坊主人說：『所以應該站在最好的位子主祭。』他領頭走在長長的黑袍人潮前方，並且不時用一塊大手帕擦眼淚。

　　『小漢斯的死對大家來說的確是一大損失。』鐵匠說著。葬禮結束後，他們舒服地坐在小酒館裡，喝著酒，吃著蛋糕。

　　『對我來說，才是更大的損失呢！』磨坊主人說：『唉！我本來好心，要將我的手推車給他，現在我真的不知道應該怎麼辦了，它很佔地方，而且修也修不好，要賣也不值錢，我不想再給別人了。人總是會為自己的慷慨而受苦。』」

　　「哦？」經過了一段沉寂，水鼠說。

　　「唉！這就是結局。」小紅雀說。

　　「但是後來磨坊主人怎麼樣了呢？」水鼠問。

　　「喔！我真的不知道，」紅雀回答：「我也不想知道。」

　　「那證明你沒有同情心。」水鼠說。

　　「你應該不了解整個故事的道理吧？」紅雀說。

「故事的什麼？」水鼠尖聲問。

「道理呀！」

「你是說這個故事要說明一個道理？」

「當然。」紅雀說。

「喔！的確。」水鼠非常生氣地說：「我認為你該在說故事之前預告一下，如果你先說，我就不用再聽你說了。事實上，我該像池塘邊的那位紳士一樣說聲『呸！』，不過我現在也能說。」

水鼠大聲地「呸」了一聲，揮了一下尾巴，就回到他的洞穴裡去了。

「誰會喜歡水鼠呢？」母鴨用翅膀划上來問道：「他有很多優點，但是以我的母性的眼光來看，我不禁要為這個單身漢流下同情的眼淚了。」

「我有點擔心自己激怒了他，」小紅雀回答：「因為我試著告訴了他一個道理。」

「喔！這麼做通常很危險。」母鴨說。

我非常同意她的說法。

引人注目的煙火

The Remarkable Rocket

「我應該要回到皇宮，因為我知道自己註定要驚天動地。」

"I shall probably go back to Court, for I know that I am destined to make a sensation in the world."

國王的兒子即將結婚，大家都歡天喜地。他已經等待他的新娘足足有一整年，現在她終於來了。她是俄國公主，乘著由六隻馴鹿駕著的雪橇，從芬蘭遠道而來。雪橇的外型像極了巨大的金色天鵝，而公主就躺在天鵝的翅膀之間，她身上的長貂皮大衣垂到雙腳，頭上戴了一頂小巧的銀色針織帽，她就像長久以來所住的冰雪宮殿一樣白皙，正因如此，當她的雪橇經過大街時，大家都說：「她白得像一朵白玫瑰。」大家都從陽台朝下致贈花朵，以表歡迎。

在城堡的大門口，王子已經等著迎接她了。他有一雙夢幻的紫藍色眼睛，頭髮則有如上等的黃金。當他一見到公主，便屈膝而跪，親吻她的手。

「妳的照片好美，」他喃喃說道：「但本人比照片更美。」小公主羞紅了臉頰。

「她先前像一朵白玫瑰，」王子身邊的侍衛說：「但是現在像極了紅玫瑰。」皇宮裡的人聽了這話都覺得很高興。

接下來的三天裡，每個人嘴裡說的都是：「白玫瑰、紅玫瑰；紅玫瑰、白玫瑰。」於是國王下令，將那位有創意的侍衛加薪兩倍。但因為侍衛根本不支薪，這個嘉獎對他不太有用，不過他覺得很光榮，這消息也隨即刊登在宮廷報紙上。

三天過去了，國內大張旗鼓地慶祝這場婚禮，典禮十分莊嚴盛大。

新郎和新娘手牽著手，從一個紫色天鵝絨繡著小珍珠的帳幕下緩緩走出。緊接著的是持續了五個小時的國宴，王子和公主坐在雄

偉的廳堂上座，將明亮的水晶杯裡的交杯酒一飲而盡。只有真心相愛的伴侶才能喝完杯裡的酒，如果是虛情假意，當他們的嘴唇接觸酒杯時，酒杯就會變得灰暗渾濁。

「很明顯的，他倆彼此相愛，」小侍衛說著：「就像水晶一樣清澈。」於是國王為他加了第二次薪，「多麼光榮呀！」群臣大叫著。

宴會結束後，緊接著是舞會。新娘和新郎在一起跳玫瑰舞，國王答應吹奏長笛助興，他吹得很糟，但是沒有人敢批評，因為他是國王。其實，他只認識兩種曲調，而且從不確定自己在吹奏哪一種。不過這無所謂，因為不論他怎麼吹，每個人都會大喊：「真是優美，真是優美。」

最後一個節目是施放煙火，要在凌晨準時施放。小公主這輩子還沒見過煙火，所以，國王下令皇家煙火炮手要在婚禮那天列席。

「煙火長什麼樣子？」早上在陽台上散步時，小公主問了王子。

「煙火就像曙光乍現，」國王說，他總是搶著回答問題，「只是更加自然。比起星星，我個人更喜愛煙火，因為你總是知道它們會在何時出現，它們就如同我吹奏長笛時一樣令人愉悅，你一定得看看煙火。」

在御花園的盡頭，皇家煙火炮手架好煙火後，各式煙火彼此交談著。

「這世界真是非常美妙啊！」一枝小爆竹大聲說：「光看那些黃色的鬱金香，啊！如果它們是真正的爆竹，恐怕就不那麼可愛了。

我真高興能四處旅遊，旅遊能增加心靈的完美，並且排除內心的偏見。」

「御花園並非全世界，你這笨蛋爆竹。」一枝巨大的羅馬燭光炮說：「世界如此遼闊，至少要三天才能將它看完。」

「任何一個你喜愛的地方，就是你的全世界。」喜好沉思的凱薩琳旋轉煙火大聲說，早年她曾愛上一個杉木盒子，並對自己曾經心碎引以為傲，「但是愛情已經過氣，詩人毀了愛情，把愛情描寫得太過浮濫，使人們不再相信愛，這點我毫不意外。真正的愛是受苦、是沉默的，我記得我有一次……不過現在不會了。浪漫是過去式了。」

「胡扯！」羅馬燭光炮說：「浪漫絕不會死亡，它像明月高掛天邊，就像新郎和新娘，永遠深愛著對方。我今天早上從一個和我待在同個抽屜裡，用褐色紙包著的彈藥筒那裡，聽說了皇宮的最新消息。」

但是凱薩琳旋轉煙火搖搖頭、喃喃自語地說：「浪漫已死，浪漫已死，浪漫已死。」她始終堅信，如果你一再重複說著某件事，最後就會成真。

忽然，一陣尖銳的乾咳聲響起，大家都轉頭去看。

這聲音來自於一個高大的、看起來傲慢的煙火炮，他被綁在一枝長杆的尾端。他總是在發表評論前先咳嗽，以引起別人的注意。

「咳，咳。」每個人都在聽，唯獨可憐的旋轉煙火還在搖頭，

並且喃喃地說：「浪漫已死。」

「秩序，秩序。」一枝爆竹說著，他是一位名政治家，總是能在地方選舉中取得席次，所以，他最清楚如何使用合適的政治語言。

「浪漫果真已死。」旋轉煙火低語著，然後便離開去睡覺了。

就在這完美的寂靜片刻，煙火炮咳了第三次，並且開始說話。他說話的速度緩慢，但是口齒清晰，就像在口述他的回憶錄，而且總是斜著眼睛看著聽眾，顯得氣度非凡。

「國王的兒子多麼幸運呀！」他說：「他的婚期正是我釋放光熱之日，真的，即使事先安排，也不見得這麼理想。不過，王子總是非常幸運。」

「天呀！」小爆竹說：「我的看法和你不一樣，我認為我們是託王子的福，才得以被施放。」

「對你來說可能如此，」他回答：「但無庸置疑地，我肯定是與眾不同的。我是非常引人注目的煙火炮，來自引人注目的雙親，我母親是當年最知名的凱薩琳旋轉煙火，以舞姿優雅著稱。當她在公開場合被隆重施放時，會先旋轉十九次，每旋轉一次，就會向天空投擲七顆粉紅色的星光。她有三呎半高，是用上等火藥製成。我父親和我一樣是煙火炮，產於法國，他飛得好高，每次一升空，人們都擔心他再也下不來了，不過他還是回來了，因為他有仁慈的性格，而且還以最亮眼的形式下降，如同天空下了金雨，報紙對他的表演讚賞不已。事實上，宮廷報紙還稱讚他是煙火技巧藝術的一大

成功。」

「煙火技巧，你說的煙火技巧，」孟加拉煙火說：「我知道煙火，因為你說的這兩個字，就貼在我的罐子上。」

「唉！我說的煙火和你們不同。」煙火炮用嚴肅的語氣回答。孟加拉煙火聽了感到洩氣，於是拿小爆竹出氣，好顯示自己也是重要人物。

「我是說，」煙火炮繼續，「我是說……我在說什麼呀？」

「你在說你自己。」羅馬燭光炮回答。

「當然啦！我知道我正在討論有趣的主題，卻被無禮地打斷了。我痛恨粗魯無禮，因為我非常敏感。我確信世界上沒有人像我一樣敏感。」

「什麼是敏感的人？」小爆竹問羅馬燭光炮。

「所謂敏感的人，就是明明自己有了瘡疤，卻還去揭別人的。」羅馬燭光炮低聲回答，而小爆竹幾乎爆笑出來。

「請問你在笑什麼？」煙火炮問：「我可沒有笑。」

「我笑是因為我很快樂。」小爆竹回答。

「這理由太自私了，」煙火炮生氣地說：「你有什麼權利高興？你應該想想其他的事。事實上，你應該想想我，我總是在想我自己，希望其他人也是這樣，那就是所謂的同情。同情是一種美德，我擁

有高尚的美德，比如說，如果我今晚有了什麼閃失，那對其他人而言是何等不幸，王子與公主從此不再快樂，他們的婚姻生活將被搗毀，至於國王，我相信他將無法接受這一切。真的，當我開始對自己的重要性有所體認時，我感動得幾乎要流淚了。」

「如果你想要帶給別人快樂，」羅馬燭光炮說：「最好先讓自己保持乾燥。」

「當然，」孟加拉煙火大聲說，他現在精神好些了，「這只是基本常識。」

「基本常識，的確是！」煙火炮憤憤然說道：「你忘了我可是非常不平凡的，而且十分引人注目。無論是誰都能有基本常識，這不過證明了他們沒有想像力，但是我有想像力，因為我從不看表面，我總是從不同角度來看事情；至於不讓自己哭泣，這明顯證明了這裡沒有人重視天生的情感，還好我不在乎。唯一支持我的，就是清楚知道我比每個人都優越，這是我一直以來所培養的信念。但是你們沒有人有心，還在這裡嬉笑取樂，彷彿王子和公主還沒結婚。」

「咦！說真的。」一個小煙火球說：「你怎麼會這麼想？這是最快樂的場合，而且當我飛上天時，我會告訴星星這裡的一切；當我們談到美麗的新娘時，你會見到星星眨眼睛。」

「唉！多淺薄的人生觀呀！」煙火炮說著：「但這正如我所料，你沒什麼好談的，根本空空如也。唉呀！王子和公主可能會到鄉間居住，那裡會有很深的河流，而且他們可能只會有一個兒子，有著漂亮頭髮、和王子一樣的紫藍色眼睛，而且，他也許會和褓姆去散

步，說不定褓姆會在一棵巨大的老樹下睡覺，也說不定那小男孩會跌進深深的河底淹死，多可怕的不幸呀！可憐的人，失去了他們唯一的兒子，要是我一定無法接受。」

「但是他們並沒有失去唯一的兒子，」羅馬燭光炮說：「也沒有半點不幸發生。」

「我並沒有說實際發生過，」煙火炮回答：「我只是說有可能。如果他們已經失去了他們的兒子，說這些也沒有用了。我痛恨人們老是做些於事無補的事。但是當我想到他們可能會失去唯一的兒子時，我就非常有感觸。」

「當然，」孟加拉煙火說：「事實上，你是我見過最容易感傷的人。」

「你是我見過最粗魯的人，」煙火炮說：「你完全無法理解我和王子的友情。」

「什麼，你根本不認識他啊！」羅馬燭光炮咆哮著。

「我從沒說過我認識他。」煙火炮回答：「我敢說如果我認識他，根本不會和他做朋友。畢竟，了解自己的朋友是一件危險的事。」

「你最好把自己擰乾，這是最重要的事。」煙火球說。

「毫無疑問，這對你來說非常重要。」煙火炮回答：「但是如果要我選，我想哭。」他真的哭了起來，眼淚流到他的杆子上，有如雨珠，而且幾乎淹死兩隻正在找地方築巢的甲蟲。

「他一定有著浪漫的天性。」凱薩琳旋轉煙火說：「因為根本沒發生什麼事，他就能哭出來。」然後她深深嘆了口氣，並想到了杉木盒。

但是羅馬燭光炮和孟加拉煙火都很憤怒，不斷高喊：「騙子，騙子。」他們非常講求實際，一旦他們不認同某事，就稱之為騙子。

月亮像一面完美的銀盾逐漸升起，星星開始閃爍，皇宮中的音樂聲也隨之響起。

王子和公主開舞，他們的舞姿曼妙，修長的白色百合花在窗戶邊偷看他們，火紅的罌粟花也隨著他們的節奏點頭打拍子。

十點鐘聲敲響，然後是十一點、十二點，午夜的最後一聲鐘響敲出後，每個人都走到平台處，國王請出皇家煙火炮手。

「現在開始施放煙火！」國王說，而皇家煙火炮手深深鞠躬，然後走到花園的盡頭。他有六名隨從，每個人都握著一枝長柄輕型火把。

那當然是一場壯觀的表演。

「啾！啾！」凱薩琳旋轉煙火出場的時候，她的火光曳得長長的，「砰！砰！」羅馬燭光炮回應著，然後是小炮燭在天上到處跳舞，孟加拉煙火將天空點綴得一片深紅，「再見。」煙火球說完就翱翔而去，撒下小小的藍色火花，「砰！砰！」小煙火也盡情投入表演，每個人都有優異而成功的表現，除了引人注目的煙火炮。因為他哭得太溼了，完全無法升空，他最厲害的地方是炮，但是因為

他哭得太溼，炮也起不了作用。那些他平常輕視、不屑多談的落魄親友，此刻都射向天空，有如盛開的金色火花。「好哇！好哇！」那是皇宮裡的歡呼聲，小公主愉悅地開懷大笑。

「我想，他們要將我留到下一次重要的場合才用。」煙火炮說：「沒錯，就是這樣了。」他因而顯得比平常更驕傲。

第二天工人來收拾東西時，「這一定是國王派來的人。我將以端莊的態度恭迎他們。」煙火炮說。

於是他將鼻子湊向空中，嚴肅地蹙眉，就像在思考一些非常重要的主題。但是那些工人一直到工作完畢離去，還是沒有注意到他，最後終於有人看到他了，「嗨！」他叫著說：「超爛的煙火炮！」於是將它丟到對面牆壁的水溝裡。

「超爛煙火炮？我是超爛煙火炮？」當他在空中迴旋時，獨自重複說著：「不可能！那個人說的一定是超酷煙火炮，爛和酷發音很像嘛！其實他們常常是一樣的。」然後他掉入泥堆。

「這裡不太舒服。」他說：「不過毫無疑問的，這是一個流行的戲水區，他們將我送到這裡保養身體，我的神經都粉碎了，需要休息。」

有隻青蛙游向了他，青蛙張著寶石般的眼睛，身披綠色斑紋夾克。

「我猜你是新搬來的吧！」青蛙說：「是啦！沒有什麼地方比泥堆更好了，我喜歡雨天和水溝，這樣我就很快樂了。你認為下午

會不會更潮溼一點？我希望如此，但是此刻卻晴朗無雲，真是可惜呀！」

「咳！咳！」煙火炮又開始咳嗽了。

「你的聲音真令人開心，」青蛙大聲說道：「聽起來很像蛙鳴，蛙鳴可說是世界上最具音樂性的聲音，你今晚可以來聽聽看。我們會聚集在農舍旁的舊鴨池，等到月亮升起，我們就開始歌唱。聽到的人都會起床聆聽。其實，我昨天還聽到有個農婦對她媽媽說，她因為我們幾乎整夜都睡不著。能夠這麼受歡迎，真令人開心。」

「咳！咳！」煙火炮生氣地發出聲音，他很懊惱自己一個字也插不上嘴。

「真是悅耳的聲音呀！」青蛙繼續說道：「我希望你能過來鴨池，我要去找我的女兒了，我有六個漂亮的女兒，我真害怕她們被梭魚逮到，梭魚是很厲害的怪物，他一見到她們，絕對毫不猶豫地將她們當早餐吃掉。好了，再見。說真的，和你聊天很愉快。」

「聊天？實際上，」煙火炮說：「都是你自己在說，那才不算聊天。」

「總要有人當聽眾吧！」青蛙回答：「我喜歡自己說，那樣能節省時間，而且避免爭議。」

「但是我喜歡爭議。」煙火炮說。

「不會吧！」青蛙得意地說：「會爭議的是俗人，成功的社交

就是每個人的意見一致，我要說第二次再見了。我看見我女兒了！」
於是青蛙就游走了。

「你真是個急躁的人，」煙火炮說：「教養又差。我討厭別人
只談論自己的事，就像你這樣，完全不讓我多說，這就是所謂的自
私了。自私是最可惡的事情，我的天性特別討厭自私，因為我是以
同情心聞名的。說起來，你應該以我為榜樣，除了我，你找不到更
好的榜樣了。現在，給你一個機會，你可要好好把握，因為我馬上
要回皇宮去了。我可是皇宮中的寶貝，事實上，昨天，王子和公主
的婚禮，便是因為我而倍增光彩。你當然不會知道這些事，因為你
是鄉巴佬。」

「你對他說再多也沒用，」一隻蜻蜓坐在褐色的大蘆葦上說：
「一點用也沒有，因為他已經走了。」

「好吧！這是他的損失，不是我的，」煙火炮說：「我不會因
為他沒有聽就不說下去。我喜歡聽聽自己講話，這是我最大的樂趣，
我常常自言自語很久，我聰明到有時候甚至不太了解自己在說什
麼。」

「那你應該去談哲學。」蜻蜓說完，便展開薄紗翅膀，高飛到
天空中。

「他不願待在這裡聽我說話，簡直愚蠢透了，」煙火炮說：「我
保證他不會常遇到這種讓心靈成長的機會。不過，我不會放在心上。
像我這種天才，總有機會出頭天。」然後他又往泥沼下陷進去了些。

過了一會兒，一隻白鴨游向他，她有著黃色的腳與蹼，搖曳生姿，非常美麗。

「呱！呱！呱！」她開口：「你的樣子好奇怪呀！我能不能問問你是生來如此，還是意外造成的呢？」

「很明顯的，你一直住在這個鄉下吧！」煙火炮回答：「不然你就會知道我是什麼來頭。不過，我會原諒你的無知，畢竟，要別人像自己一樣引人注意是不太公平的，你一定會很驚訝我能飛上天空、然後跟著黃金雨一起降落吧？」

「我並不在意這些，」鴨子說：「因為我不了解這對任何人有什麼作用。如果你能像母牛一樣會犁地，像馬一樣能拖車，或是像牧羊犬能夠趕羊，那才算有用。」

「我的天呀！」煙火炮用非常傲慢的語氣說：「我了解你是屬於層次較低的一群了。像我這種身分的人通常都不具備實用性，但我的成就遠勝於實際功用，我不會遺憾自己不符合產業用途，尤其是你推崇的那些。其實，我一直深信，努力工作是那些無事可做者唯一的寄託。」

「好吧，好吧，」鴨子性情平和，從不與人爭執，「每個人品味不同，我想，不論如何，你總要在這裡落腳吧！」

「喔！親愛的，不，」煙火炮說：「我只是訪客，一個與眾不同的訪客。事實上我覺得這邊很沉悶，既沒有社交活動，也不適合獨居，說穿了這裡根本是荒郊野外。我應該回到皇宮，因為我知道

自己註定要驚天動地。」

「我曾想對眾人的生活傾注心力，」鴨子說：「好多事情需要改變。很久以前，我曾經主持過會議，通過了條例指正大家不喜歡的事情，但是並沒有多大起色，如今我回歸家庭，照顧好我的家人就好了。」

「我生來就是為了呈現給大眾，」煙火炮說：「我所有的親友也是如此，即使是那些最微不足道的也不例外。每當我們出現，就會引來注目。我雖然還沒有機會現身，不過一旦出現，想必會是壯麗的景觀。至於家庭生活，它會使人快速老化，以致忽略了更崇高的事。」

「唉！生命中更崇高的事，多麼美好呀！」鴨子說：「這提醒了我，現在我真是餓極了。」於是她沿著溪流向下游，一邊叫著：「呱！呱！呱！」

「回來，回來呀！」煙火炮尖叫，「我還有一堆話要對妳說呢！」但是鴨子不理他。「我很高興她走了，」他自語著：「她是很明顯的中產階級。」然後他又往下陷入更深的泥堆，並開始思考著天才的孤寂。忽然，有兩個穿白色工作服的小男孩帶著水壺和柴堆，沿著河岸走來。

「他們一定是被派來的。」煙火炮說著，並擺出尊嚴的姿態。

「咦！」其中一個男孩招手示意，「看這枝舊煙火炮，我想知道它怎麼會落在這裡。」然後他從溝裡撿起煙火炮。

「舊的？」煙火炮說：「不會吧！金的才對，這才是他所說的吧？金的煙火炮？真是會讚美。事實上他搞錯了，他恐怕把我誤認為皇宮中的權貴了吧！」

「我們將他丟進火裡吧！」另一個男孩說：「這樣水會煮得更快。」

於是他們將柴薪堆起來。並且將煙火炮放在最頂端，然後點火。

「太棒了！」煙火炮大叫著說：「他們要讓我在白天升空，這樣每個人都可以看到我了。」

「我們來睡覺吧！」他們說：「等我們睡醒，茶壺的水就煮開了。」於是他們躺在草地上，閉上眼睛。煙火炮太潮溼了，所以過了不久才引爆，最後，火燒到了他。

「現在我要走了。」他挺直身子大叫：「我會直升天際，飛到比星星、月亮、太陽還高的地方，事實上，我該去的高度是……」

嘶嘶！嘶嘶！嘶嘶！他飛身直沖雲霄。

「好高興喲！」他大叫：「我應該就像現在一樣勇往直上，我是多麼成功呀！」

但是沒有人看他。

接著，他發現一種奇異的刺痛感環繞全身。

「我該爆炸了！」他說：「我會讓整個世界更加輝煌，而且造

71

成轟動，大家光談論這件事就要說上一整年。」他當然引爆了，砰！砰！砰！因為那是火藥。

但是沒有人聽到他的聲響，甚至連離他最近的兩個男孩也沒聽到，因為他們睡得很熟。

於是，遺留下來的一根杆子，掉在一隻正在溝邊散步的鵝兒身後。

「天啊！」鵝兒驚呼：「天上落下竹竿雨了。」於是她急忙進入水中。

「我就知道我會不同凡響。」煙火炮喘息著，然後熄滅。

一屋子的
石榴果

A House
of
Pomegranates

少年國王：給瑪格麗特・布魯克小姐

The Young King :
To Margarte Lady Brooke

「雖然今天是我的加冕之日，但是我不要穿這些東西。因為我的王袍是由蒼白痛苦的雙手在織布機上織成的，紅寶石是鮮血染成的，珍珠則醞釀著死亡。」

Though it be the day of my coronation, I will not wear them. For on the loom of Sorrow, and by the white hands of Pain, has this my robe been woven. There is Blood in the heart of the ruby, and Death in the heart of the pearl.

在少年國王加冕的前一晚，他獨自坐在華麗的房間。眾朝臣已經根據儀式的慣例，在臨走前跪地磕頭朝拜，然後告退，接著到宮殿大廳，去禮儀官那裡上最後的一些課程。然而，有些朝臣卻還神色自若，不用說，那實在有點冒犯。

這個十六歲的少年，看到大臣們離去，覺得輕鬆許多。他將身子仰躺在精雕細琢躺椅的柔軟繡花墊上，深深地吐了一口氣。他眼神紛亂，微張著嘴，就像傳說中棕褐色的牧神，或像是剛被獵人捕獲的小動物。

他的確是在偶然的機會下被獵人尋獲的。當時他光著身子，手裡握著一枝笛子，跟在扶養他長大的貧苦牧羊人和羊群的身後，當時他還希望能成為牧羊人的兒子。少年國王其實是國王的獨生女和一位身分不相當的陌生男子所生下的孩子，據說那個男子是因為彈魯特琴的技術一流，而擄獲年輕公主的芳心；也有人說他是來自里米尼城（註：Rimini，義大利北部的海港城市）的藝術家，或許是因為公主的身分對他來說太過顯赫，他忽然從城中消失，留下他在主教堂尚未完成的工作離去……。孩子是在出生一週後，被人從熟睡的母親身旁偷偷抱走，然後送給一對沒有子女的平凡農人，他們住在森林的偏遠處，距離城市大約一天以上的路程。

悲哀呀，或者該說是災難。就如宮廷的醫生所說，或是如謠傳所言，公主生完小孩，醒來後不到一個小時，就被摻有義大利毒藥的烈酒害死了。國王的信差將小孩放到馬鞍上立刻騎走，然後騎著虛弱的馬匹到牧羊人家裡，無禮地拍打他們簡陋的家門。在此同時，公主的遺體被放置在城門外一所荒涼教堂後院的開放墓地中，據說墓穴裡還躺著另一個人，那是個長相令人驚嘆的外國青年，雙手被

反綁在身後，胸口滿是傷痕和血跡。

　　反正，這個故事已口耳相傳許久。有一點可以確定的是，那個纏綿病榻的老國王或許是想彌補犯下的罪過，或純粹是不願意把王位交給他人，才下令帶回那個被送走的孩子，並宣告讓那孩子繼承王位。

　　從少年國王被承認的那一刻起，就註定他會為那些將深深影響他生命的美麗事物，付出異常的熱情。根據服侍他的隨從描述，當少年國王見到為他準備好的精緻服飾和不菲的珠寶時，便開心地大叫，甚至欣喜若狂地將身上的粗皮短衣和簡陋的羊皮斗篷脫下、棄置一旁。

　　其實，他偶爾還是會懷念起往日在森林中自由自在的生活，有時也對宮廷裡乏味的繁文縟節感到厭倦，那些禮節總會佔據一天裡的好多時間，但是那座完美的宮殿——人們稱之為喜樂宮——讓他發現了自我的尊榮。對他而言，那像是一個全新的世界，喜悅充滿他的心頭。每當他從市議會或是從會議廳離開，他就會飛奔跑下雄偉的階梯，看著一座座青銅獅子雕像，或是在每個房間和走廊間流連忘返，彷彿病人在尋找奇效的止痛劑，試圖減輕病痛。

　　這些發現之旅——如他所說的，那的確是神奇國度裡的探險之旅。有時候，會由纖瘦、儀容端正、身穿斗篷繫著絲帶的侍僮陪伴他。但是大多數的時候，他是獨處的，然後透過一種直覺，或可說是頓悟——體認到藝術的奧妙來自於祕密地探索，而美麗與智慧也對孤獨的崇拜者眷顧有加。

　　這段期間，有許多關於他的傳聞。據說有一位市長，代表市民前來傳達華麗的祝賀之詞，卻看到少年國王虔誠地跪在一幅剛剛從威尼斯送來的名畫前，瞻仰著這幅描繪神祇的大作；他也曾忽然消失幾個小時，讓大夥找了好久，最後終於在皇宮北邊小尖塔上的小房間裡找到他，當時他正凝神注視一尊由希臘寶石雕成的美少年阿多尼斯的雕像。他也曾被人發現他正用溫暖的雙唇貼在一尊名為「哈準（註：羅馬皇帝Hadrian，七六～一三八）的比塞奈尼奴隸」的雕像上，這尊雕像是偶然在石橋下的河床被發掘出來的。他也曾花費整夜的時間，凝神注視月亮的銀光輝灑在安迪米翁（註：Endymion，希臘神話中的人物）的塑像上。

　　這些奇珍異寶是如此吸引著他，他派遣了許多商人，去獲取他渴望的東西。例如到北海向漁人收購琥珀、或是去埃及尋找國王的墓地裡才能發現的奇妙綠松石，據說這石子具有神奇的力量；還有珍貴的波斯絲毯和彩陶；前往印度買來棉紗和上了釉的象牙、月長石，以及碧玉鐲子、檀香木和藍色琺瑯搪瓷，此外還有上等的羊毛圍巾。

　　但是最讓他心儀的還是要在加冕典禮中穿的金縷袍、鑲了紅寶石的王冠，還有鑲著明亮小珍珠的權杖。這天晚上，他躺在華麗的長沙發上，凝視著上等松木在爐裡燃燒，心裡仍然不斷地想著那些東西。那些東西都是由此時期最有名的藝術家在幾個月前就開始為他設計，派人在全世界尋找珍貴的珠寶，然後下令技工們夜以繼日地辛勤趕工。他幻想自己身穿華貴的王袍，尊貴地站在中央教堂的祭壇前……想到這裡，他的嘴角不自覺地浮現笑意，深色眼眸也流露出亮麗的光彩。

　　過了一會兒，他從座位上起身，斜倚著雕工精細的煙囪遮簷，在這陰暗的房間裡，他環視四周，牆上掛著美不勝收、描繪著勝利女神的織錦；角落裡擺著一具鑲了瑪瑙和琉璃的大櫥櫃，窗子對面有一個別出心裁的小櫃子，上面有著金漆綴飾，裡面陳列了精緻的威尼斯高腳杯及深色花紋的瑪瑙杯；絲質床單上繡著淡色罌粟花，柔軟地鋪在床上，彷彿從疲倦的睡神手中落下一般；豎笛般的象牙柱在天鵝絨帳幕的四周林立，成叢的鴕鳥羽毛有如從浮雕天花板冒出的浪花；含笑的納西瑟斯青銅像頂著一大面鏡子（註：Narcissus，是希臘神話中的人物，因為貪戀自己在水中的倒影，結果變成了水仙花）；茶几上則擺著紫水晶碗。

　　放眼望去，主教堂的巨大圓頂，像若隱若現的泡泡出現在陰暗的房屋上。疲倦的哨兵整齊地通過霧茫茫的河岸，遠處的果園中有夜鶯在歌唱，淡淡的茉莉花香味飄入窗裡。他伸手撥動前額的鬈髮，信手取來魯特琴，隨意地撥著弦，眼皮益發沈重，一股莫名的疲倦感向他湧來。在此之前，他不曾對這些奇特又富有魅力的事物感到如此動心和喜悅。

　　午夜鐘聲響起，他拉了鈴，喚來侍僮，侍僮依照禮節為他寬衣，澆玫瑰水為他洗手，還在他的枕頭上撒玫瑰花。侍僮離開後不久，他就沉睡了。

　　入睡以後，他做了一個夢。在夢中，他站在狹長的矮閣樓中，周遭充滿織布機雜沓的聲響，微弱的光線照入窗櫺，他看到憔悴的織工們埋首工作，面色蒼白的病童，蹲在巨大的橫木旁。當梭子銼鈍經線時，他們舉起窄板；當梭子停了，他們便將窄板放下來，把

線緊壓在一起。織工的臉龐因飢餓而顯得衰弱，瘦弱的手顫抖地工作，一些憔悴的女人坐在桌邊縫紉，令人作嘔的味道撲鼻而來，牆壁因為潮溼而滲出水滴。

少年國王走向其中一名織工，站在他身旁看著他。

織工怒道：「幹嘛看著我？難道你是我們主人派來的間諜？」

「誰是你的主人？」少年國王問。

「我們的主人，」織工痛苦地說：「他和我一樣都是人。唯一不同的是，我衣著襤褸，他卻穿著錦衣華服；我陷入飢餓虛弱時，他卻沒有因為過飽而感到不舒服。」

「這片土地是自由的，」少年國王說：「你不是任何人的奴僕。」

織工說：「在戰爭裡，強者俘虜弱者；在和平中，富人剝削窮人。我們必須工作以求生存，而他們只給我們微薄的工資，讓我們幾乎活不下去。我們整天辛苦工作，他們卻在金庫中堆砌財富，我們的小孩早夭，而我們愛著的人，也因為疲憊變得憔悴與恐怖。我們踩踏葡萄釀製成酒，種植五穀，但是辛勤的結果卻毫無收穫。儘管有人說我們是自由的，但我們被無形的鎖鍊箝制，實際上我們只是奴隸。」

「人人都是如此嗎？」他問。

「人人都是如此，」織工回答：「男女老少都是如此，孩子們經年累月地被勞苦所折磨。商人虐待我們，但是我們必須為他們工

作，牧師來講道也無濟於事，沒有人真正關心我們。生活在暗無天日的陋巷裡，貧窮和罪惡隨時虎視眈眈。悲哀在一大早將我們喚醒，羞愧感則在夜晚來臨，但是這些與你何干？你不是我們的成員，因為你臉上的笑容看起來太快樂了。」他蹙眉愁苦地轉過身，拿起紡梭，繼續紡織，織布機上閃閃的金線吸引了少年國王的目光。

異樣的恐怖感襲上了他，他對織工說：「你在織什麼袍子？」

「是要給少年國王在加冕典禮中穿的。」他回答：「關你什麼事？」

少年國王大叫之後驚醒！然而，他還在自己的房間裡，透過窗戶，可以看到一輪明月散發著光芒，高掛在晦暗的天際。

他再度沉睡，並進入另一個夢境。夢中，他躺在一艘大船的甲板上，有一百名奴隸正在划槳。在他身邊的地毯上，坐著這艘船的船主，他的皮膚黝黑如黑檀木，頭上繫著深紅色的絲巾，厚實的耳垂上掛著銀色的大耳環，手上還拿著象牙桿秤。

奴隸身上只纏著爛腰布，幾近赤裸，每個人都被鍊子鎖住。火熱的太陽炙烤著他們，黑人在舷梯間跑來跑去，拿著長鞭抽打這些奴隸。他們伸長削瘦的手臂，賣力地在水中划著沉重的雙槳，海鹽被波浪濺到船上來。

他們最後抵達一處小海灣，開始測量水深，一陣風從岸邊吹來，挾帶著紅色沙塵覆蓋了甲板和風帆。三個阿拉伯人騎上野驢飛奔，並朝著他們投擲矛槍。船主手上拿著彩色的弓，射中其中一人的喉

囉，那個人中箭之後跌入浪花中，他的同伴急忙跑走了，一個蒙著黃色面紗的女人慢慢騎在駱駝上跟著，不時回頭看那屍體。

等到大船拋錨並拉下帆，那些黑人進入船艙，取出一副以鉛塊加重的長繩梯。船主將繩梯的一端繫在兩根鐵柱上，然後用力拋向海中。接著，黑人抓住最小的奴隸，取下他的腳鐐，在他的鼻孔和耳朵裡填充蠟塊，然後在他腰間綁一塊大石頭，小奴隸疲憊地爬下梯子，消失在大海之中。一些泡泡從他潛入的地方冒出來，幾個奴隸好奇地從船身的另一端張望著，船頭坐著一個招搖撞騙的魔術師，單調地擊著鼓。

不久之後，潛水的小奴隸游上來，氣喘吁吁地攀著繩梯，右手握了一粒珍珠，黑人奪了過來，然後又將他推回海裡，其他的奴隸們都趴在槳上睡著了。

他反覆地下水後回到船上，每次都帶回一粒美麗的珍珠，船主將它們拿去秤重，裝在綠色小皮囊裡。

少年國王想說話，但是他的舌頭彷彿擋住了嘴巴，無法開口。黑人們互相交談，並為了一串珍珠開始爭執，兩隻鶴在船上迴旋飛翔。

潛水的奴隸最後一次上船，帶回來一顆最美麗的歐穆茲珍珠，外型圓潤如滿月，雪白更勝晨星。但是他的臉色異常蒼白，最後倒在甲板上，鼻孔和耳朵都冒出血來了，微微抽搐後，就一動也不動了。黑人們聳聳肩，不以為意地將屍體丟到大海裡。

船主笑了，伸手取來珍珠，湊向前額，然後點點頭。「應該就是這顆了，」他說：「用來鑲飾少年國王的權杖。」然後命令黑人去起錨。

少年國王看到這一切，放聲大哭並驚醒，他抬眼望向窗外，看見黎明正用長長的灰色手指，抓住漸漸褪去光彩的星星。

他睡著了，又做了一個夢。夢中，他在一座陰暗的樹林裡徘徊，樹上掛著奇怪的水果，開滿有毒的豔麗花朵。沿途有毒蛇對他吐信並發出嘶嘶聲，絢麗的鸚鵡在枝頭來回飛翔啼叫，大烏龜躺在熱泥堆中睡覺，叢林裡滿是猩猩和孔雀。

他不停地走著，走到樹林的邊境。在那裡他看到一大群人在乾涸的河床上賣力工作，像螞蟻般聚集在懸崖邊，從地面向下挖掘很深的坑洞。有些人用巨斧劈開岩石裂隙，有些人在沙堆裡摸索，有些人劈開仙人掌的根部，踩在紅色的花朵上。他們似乎很急，互相叫喚，沒有人在偷懶。

從幽暗的洞穴中，「死神」與「貪婪」往外盯著這群人。死神說：「我已筋疲力盡了，將他們三分之一的人給我，然後讓我離開。」

但是貪婪搖著她的頭，「他們是我的奴隸。」

死神問她：「妳手上拿著什麼？」

「三粒穀子。」她回答：「關你什麼事？」

「給我一粒。」死神要求，「我只要拿一粒，種在我的花園裡，

然後我會馬上離開。」

「我一粒也不給你。」貪婪說著，將手緊握，並將穀子收進衣服裡。

死神大笑，把一個杯子拋到水池裡，舀起「瘧疾」。它快速穿越那群人，結果有三分之一的人死去。一團冷霧跟著它，水蛇也跟在它身邊跑。

當貪婪看到三分之一的人死去，痛心不已，搥胸大哭，「你那麼快就殺了我三分之一的奴隸，你走吧！韃靼山有戰爭，兩邊的國王都在召喚你；阿富汗人殺了黑色公牛，他們戴上鐵製頭盔，攜矛帶盾地走上戰場。我的山谷與你無關，你何必在這裡逗留？你走吧，別再回來！」

「不！」死神回答：「除非妳給我一粒穀子，不然我不走。」

但是貪婪緊握雙手，咬牙切齒說道：「我不會給你任何東西。」

於是死神大笑，拿了一顆黑色石頭，丟到樹林中，叢林外的一株野毒芹隨即燃起了火舌，越過那群人，觸者皆死，就連所經之處的野草也枯萎了。

貪婪發著抖，將灰燼撒在頭上。

「你太殘酷了，」她哭喊著：「你真是太殘酷了。印度境內饑荒遍地；撒馬爾罕的蓄水池已乾涸見底，沙漠裡蝗蟲為患。尼羅河岸沒有氾濫捲來沃土，祭司甚至咒罵生命之神和死亡之神。你快走

吧！離開我的奴隸，到那些需要你的地方吧！」

「不！」死神回答：「除非妳給我一粒穀子，否則我不走。」

貪婪說：「我不會給你任何東西。」

死神又大笑，他用手指吹起口哨，有個女人從空中飛過來，額頭印著「瘟疫」二字。一群群的禿鷹伴隨著她，她用自己的翅膀覆蓋整個山谷，所有的人都難逃一死。

貪婪尖叫地逃離森林，死神躍上他的紅馬疾馳而去，比風的速度還快。

山谷底的泥堆裡爬出了巨龍和渾身滿是鱗片的怪物，豺狼在沙地裡奔馳，朝天吐納鼻息。

少年國王哭著說：「這些人是誰？他們在找什麼？」

「找國王王冠上的紅寶石。」站在他身後的一個人回答。

於是少年國王吃驚地轉身，看到一個舉止像朝聖者的人，手中捧著銀鏡。他臉色轉為蒼白，問道：「哪一位國王？」

朝聖者回答：「看看鏡子裡，你應該會看到他。」

他在鏡中看到自己的臉，於是大哭並驚醒。此時，明亮的陽光正灑落屋內。花園裡有小鳥在樹上歡唱。

宮廷大臣和達官貴人魚貫入內向他請安，侍僮進來獻上繡著金

線的長袍，將王冠和權杖放在他面前。

少年國王看著它們，它們的美前所未見。但是他想起夢中的情境，於是說：「將這些東西拿走吧！我不想穿。」

朝臣非常驚訝，有的還笑了起來，以為他是在開玩笑。

但是他又再度嚴正重申，「把東西拿走，收起來，別讓我看到。雖然今天是我的加冕之日，但是我不要穿這些東西，因為我的王袍是由蒼白痛苦的雙手在織布機上織成的，紅寶石是鮮血染成的，珍珠則蘊藏著死亡。」並將他做過的三個夢告訴眾人。

朝臣聽完之後，交頭接耳說道：「他一定是瘋了，夢就是夢，幻覺就是幻覺。那些並非事實，不值得在意，難道沒見過播種者就不許吃麵包；沒和種植葡萄的人交談，就不許喝酒嗎？」

宮廷大臣對少年國王說：「陛下，懇請您將這些黑暗的思想放在一旁，穿上您的漂亮王袍，戴上漂亮王冠，您若是沒穿上這些服飾，人民怎麼知道您是國王呢？」

少年國王看著對方說：「真的是這樣嗎？」他問：「如果我不穿戴王袍王冠，人們就不知道我是國王嗎？」

「對，他們就不認識您，陛下。」宮廷大臣大聲回答。

「我本以為世界上會有長得像國王的人，」他回答：「雖然你說的或許有道理。但我還是不想穿戴王袍王冠，即使進了皇宮，我也不穿。」

他命令他們全都退下，只留下一位小他一歲的侍僮隨侍。他在清水裡洗澡時，打開一個上了漆的木箱，從裡面取出他以前在山腰上牧羊時穿的粗布皮衣和羊皮斗篷。他穿上它們，然後伸手取來一根簡陋的牧羊人手杖。

侍僮張大他的藍色雙眼，好奇地看著，然後微笑說：「陛下，我看到您的王袍和權杖了，但是王冠呢？」

於是少年國王摘了從陽台摘了一枝野薔薇，將它折成環狀，戴在頭上。

「這就是我的王冠。」他回答。

他以這身裝束走出房間，並朝大廳走去，所有的王宮大臣都在那裡等著他。

所有的王宮貴族都笑了出來，有的還嚷著：「陛下，人們引頸企盼他們的國王出現，而您卻打扮得像個乞丐。」

有的人甚至說：「他丟了國家的臉，不配當我們的國王。」

但是他沉默不語地走過他們身邊，走下光亮的雲斑石台階，出了銅門，騎上他的馬直奔主教堂，侍僮則尾隨在他身後跑著。

人們大笑著說：「騎馬的那人是我們國王身邊的弄臣呀！」並模仿他。

他勒住韁繩，說道：「不，我就是國王本人。」於是他將自己

做過的三個夢告訴眾人。

然後，有個人從人群中走出來，痛苦地對他說：「陛下，您難道不明白，窮人的生活也有賴於富人的奢侈嗎？由於你們的揮霍，我們才得以活著；也由於你們的裝腔作勢，我們才能有麵包吃。為嚴格的雇主賣命雖然辛苦，但若沒有雇主，我們只會過得更加艱苦，難道您以為會有烏鴉啣著食物來餵養我們嗎？您將如何解決這些問題呢？您會對買主說：『你必須付這麼多錢』，還是對賣主說：『你該賣這個價錢』？我猜都不會。還是回去皇宮，穿上你的上好亞麻王袍吧！對於我們遭受的痛苦，您又能怎麼做？」

「富人和窮人不是手足嗎？」少年國王問道。

「是的，」那人回答：「但是那位富有的哥哥名叫該隱。」（註：聖經記載，該隱殺了自己的兄弟。）

少年國王眼中充滿淚水，騎過了喃喃私語的人群，而侍僮因害怕而離他遠去。

他來到主教堂的門口，士兵伸出長戟說：「你在這裡幹嘛？除了國王，閒雜人等不得入內。」

他漲紅臉，生氣地告訴他們：「我就是國王。」接著推開他們的長戟走進去。

老主教看到他穿著牧羊裝時，疑惑地從座位起身，前去迎接他，對他說道：「孩子呀，這是國王的服裝嗎？那我要用什麼王冠來為你加冕呢？要用什麼權杖交到你手中呢？當然，今天一定得是開心

的一天，而不是屈辱的一天 。」

「快樂會以愁苦的形式出現嗎？」少年國王說著，於是將他做
過的三個夢說給主教聽。

主教聽完，皺著眉頭說：「孩子，我已經是行將就木的老人了，
知道廣大的世間確實存在著邪惡的勾當。殘暴的強盜會下山來搶劫
掠奪，他們會帶走小孩，賣給摩爾人；獅子躺著等候商隊，然後跳起，
撲到駱駝身上；野豬在山谷裡將穀子搜刮殆盡，狐狸啃噬著山上的
葡萄藤；海盜劫掠海岸，焚燬漁船，取走漁網；在高鹽分的沼澤地，
痲瘋病人住在蘆葦桿搭成的屋子裡，無人聞問；乞丐在城裡四處行
乞，與狗兒搶食。你能讓這些事情不發生嗎？你願意和痲瘋病人同
睡嗎？還是你能讓乞丐不再乞討？你能號令獅子嗎？或是讓野豬聽
命於你？這些事情很悲慘，但你能阻止嗎？你能比上帝更睿智嗎？
因此，我不贊成你現在的做法。還是回皇宮吧！讓自己開心一點，
穿上國王的禮服，戴上金色王冠，而我將為你加冕，並將珍珠權杖
放到你手上。至於這些夢境，別再想了！世界上的責任並不是你能
扛起的，這世界充滿哀傷，也不是你的心能承受得了的。」

「你居然在聖殿裡這麼說？」少年國王說完，大步行經主教，
並登上高高的祭壇，站在耶穌的聖像面前。

他站在耶穌的聖像面前，左右手各拿著神聖的黃金器皿，分別
是盛滿黃酒的聖杯和裝有聖油的玻璃瓶，印花絨布上有黃酒，玻璃
瓶子裡有聖油。他跪在耶穌聖像前，聖台旁鑲著珠寶的大蠟燭正熊
熊地燃燒，淡藍色的薰香煙霧在聖殿的圓頂繚繞著，他低頭祈禱。
身穿硬挺教袍的祭司從高高的祭壇上走下來。

忽然間，一陣擾攘的騷動聲從街上傳來，王宮貴族們衝了進來，他們身上垂著羽飾，手持刀劍和磨亮的盾牌。「做夢的人在哪裡？」他們咆哮著：「那個穿得像乞丐的國王在哪裡？那個為國家帶來恥辱的男孩，我們理應斬殺他，他沒有資格統治我們。」

少年國王仍低頭祈禱，祈禱完畢，他站起來，轉過身，悲傷地望著他們。

看呀！透過彩繪玻璃，陽光映照在他身上，閃閃的光線在他身上織成金色王袍，比他沒有穿上的那件更璀璨奪目；乾枯的手杖上，開出了比上等珍珠更潔白的百合，莖脈閃爍著銀光；乾枯的花環也綻放出比紅寶石更為紅豔的玫瑰，葉片金光閃閃。

他穿著王袍站在那裡，珠光閃耀的聖台赫然開啟，璀璨耀眼的水晶座上煥發著神聖的光輝。他穿著王袍站在那裡，上帝的榮光瀰漫四周，安置於壁龕的聖徒雕像也彷彿動了起來，穿著華美王袍的國王站在人們面前。此時，管風琴的樂聲響起，小喇叭樂師大展身手，合唱團的男童也齊聲歌唱。

人民敬畏地跪在他膝前，王宮貴族也收起刀劍，臣服於他。主教面容蒼白，雙手顫抖，朗聲說道：「一個比我還偉大的人物已經為你加冕了。」隨即跪在他面前。

少年國王從高高的祭壇上走下來，穿過人群，返回宮中，但是沒有人敢抬頭瞻仰他，因為他有一張天使般的面容。

公主的生日：給威廉·荷·格林佛爾太太

The Birthday of the Infanta :
To Mrs. William H. Grenfell

但是小侏儒一點也不知情，他非常喜歡小鳥兒和小蜥蜴們，更認爲花朵是世上最美的——僅次於高貴的小公主。

　　He liked the birds and the lizards immensely, and thought that the flowers were the most marvellous things in the whole world, except of course the Infanta.

那天是公主的十二歲生日，陽光將皇宮的花園照耀得金碧輝煌。

儘管她是公主，一位真正的西班牙公主，但是和窮人家的孩子一樣，一年只過一次生日。因此，舉國上下都十分看重公主的生日，希望那天會是好天氣。

那一天也的確是好天氣，修長有條紋的鬱金香挺直了花莖，就像是一列長長的士兵，昂然地睨視著草坪另一邊的玫瑰，彷彿在說：「現在我和你們一樣出眾了。」紫色的蝴蝶振翅，陸續為每朵花灑下了金粉；小蜥蜴從牆裡的縫隙爬出來，在耀眼的日光下曬太陽；石榴花受熱而綻放，露出了血液般鮮紅的花蕊；就連在棚架上，沿著陰暗拱廊生長的檸檬，也被豔陽照耀而增添豐富的色彩；木蘭樹開著繁盛的球狀花朵，在空氣中散發著濃郁的香味。

小公主和同伴們在陽台上來回地追逐嬉戲，繞著石花瓶和長了青苔的雕像玩躲貓貓。平日她只被允許和身分相當的朋友玩耍，所以只能獨自一人，但是在她生日這天則例外，國王已經允許她邀請她喜歡的小朋友來玩。

這些纖瘦的西班牙小朋友的儀態都很優雅：男孩們戴著綴有羽毛的帽子，身穿飄動的斗篷；女孩們一手提著錦緞長裙的裙襬，另一手則搧著銀黑色相間的大扇子遮擋熾熱的陽光。相較於這些略顯累贅的服飾，公主是他們之中最優雅的，也是打扮最有品味的。她的長袍用灰色絲緞製成的，裙子和蓬蓬袖都繡上繁複的銀色花朵，緊身胸衣上綴著成排的名貴珍珠。當她走路時，玫瑰花鞋順著裙襬若隱若現，手上拿著粉紅與珍珠色相間的絲扇；她的秀髮有如淡金

色的光環，襯托著蒼白的小臉，她還拿著一朵美麗的粉白玫瑰。

悲傷憂鬱的國王透過窗戶，看著他們玩耍。他的身後站著他厭惡的弟弟──亞拉岡的唐‧比卓，而他的告解神父──格拉那達的宗教審判官，則坐在他身邊。今天的國王看起來比平常更傷心，因為當他看見公主對著聚集的群臣鞠躬回禮，或是拿著扇子對著那位經常陪伴她的陰沈的奧伯公爵夫人遮臉微笑時，都讓他想起年輕的皇后──公主的母親。

他還記得，就在不久以前──對他而言似乎是如此。皇后從法國那座快樂之城前來西班牙，不久後卻在嚴肅輝煌的西班牙宮廷中開始凋零，孩子出生後六個月便過世了，沒能目睹御花園中的杏樹第二次開花，再也不能摘下無花果樹在第二年長出的果實。如今，這棵樹簇立在佈滿綠蔭的宮廷正中央。

國王深愛著皇后，不忍心將她埋葬在墓穴裡。他延請一位摩爾族的醫生用香料來保存遺體，這位醫生本來因為信仰異教和施行邪術，而被宗教審判官判處死刑，因為這個任務而得以逃過死劫。如今，皇后長眠於內有織錦覆蓋的棺木裡，放在宮中黑色大理石教堂中，就像十二年前那個颶風的三月天，修道士們將她抬進這裡時一樣。

每個月國王都會披著黑色披風，手提昏暗的燈籠，來到教堂，跪在皇后身邊，悲傷地喊著：「我的皇后！我的皇后！」有時他根本無視於繁瑣的西班牙皇室禮儀──這些禮節甚至想限定國王的哀傷程度。他悲痛地緊握皇后戴著珠寶的蒼白雙手，試圖以瘋狂的熱吻來喚醒她冰冷的面頰。

今天，他彷彿又見到皇后了，就像他最初在楓丹白露遇見她時那樣。當時，他才十五歲，而她更小一點，他倆在教皇的見證，以及法國國王和群臣的注視下訂婚。他帶回一綹金髮，以及兩人童稚親吻的回憶返回西班牙。接著，婚禮便在兩國交界的布哥斯火速舉行，並返回馬德里進行盛大的慶祝，在阿朵嘉教堂舉行隆重的彌撒，並執行一場比平時還莊嚴的宗教審判，有近三百位異教徒受審，其中有不少英國人被送上火刑台燒死。

他瘋狂地愛著她，即使他的國家正和英國為了海外殖民地的領土而大動干戈，他卻心不在焉，許多人認為是因此而造成戰敗。他幾乎不允許皇后離開自己的視線，為了她，他將國事置之一旁。他那盲目的熱情使他無法領悟到，自己為了討好皇后所做的一切，徒然成為壓力，加重她病情惡化。

皇后死後，他曾有段時間喪失了理智，眾人都認為他會讓位給弟弟，然後隱遁於格拉那達的特拉比斯德修道院——他在那裡有名譽院長的頭銜。但是他又擔心小公主被他那以殘暴出名的弟弟欺負，只好打消此念頭。不少人懷疑皇后之死和國王的弟弟有關，因為皇后曾造訪國王之弟所居的亞拉岡城堡，並獲贈一雙沾有毒藥的手套。

國王下詔全國守喪三年。三年期滿，他仍不准大臣提起再娶之事，就連羅馬的皇帝要將姪女——可愛的波希米亞公主許配給他，他也加以回絕。他要使者轉告羅馬皇帝說，西班牙國王已娶了「悲傷」為妻，雖然這位新娘不孕，但他對她的愛，沒有其他可以替代。這樣的回答，造成羅馬皇帝唆使尼德蘭地區幾個富裕省分的宗教改革派領袖，發動了叛變，他也因而失去了統治權。

就在今天，當國王看著小公主在陽台上玩耍時，昔日短暫的婚姻，包括狂喜與驟然結束帶來的悲痛，又再次重現。小公主擁有皇后所有的迷人之處，她那任性卻迷人的姿態，甩頭時的驕縱模樣，驕傲微噘的嘴唇，動人的微笑——典型的法國式微笑。當她偶爾抬眼望向國王的窗口，或是伸出小手讓西班牙紳士親吻時，都展露出無限的風情。

小朋友們興奮的笑鬧聲刺痛了他的耳朵，燦爛逼人的陽光嘲弄他的悲哀，隱隱約約地，一陣奇怪的香氣飄來，混淆了早晨的清新空氣，還是一切只是夢境？那氣味似乎來自保存遺體的香料。他把頭埋在手中，當公主又往上看時，窗簾已經被拉下，國王離開了。

她失望地噘著嘴，聳聳肩。父親應該在她生日時陪她。這些愚蠢的國事有那麼重要嗎？還是他又去了那座陰暗的教堂？那裡總是點著蠟燭，而她從不被允許進入。他真是笨呀！天氣是這麼美好，陽光燦爛，人人歡欣，而他卻獨自悲傷。號角聲已經響起，他會來不及觀看模擬鬥牛賽的，更別提傀儡秀和其他精彩演出了。比較起來，叔叔唐・比卓和宗教審判官還比較明智。他們正緩緩地走上陽台向她祝賀。她甩甩她那如流蘇般的秀髮，勾著叔叔的手，緩步走下台階，邁向搭在花園另一端的紫絲帳幕，其他的孩子則按照名字的長度排成一列隨行。

打扮成鬥牛士的貴族男孩們列隊歡迎她，俊美的提耶・努瓦伯爵才十四歲，以西班牙貴族紳士的儀態脫帽致敬，慎重地帶領公主走向鑲金的象牙座椅前面。公主入座後，女孩們便簇擁著坐在她身旁，一邊輕搖紗扇，一邊耳語。唐・比卓和宗教審判官含笑站在入

口處，甚至那個身材瘦削、神情肅然，繫著黃色縐領的女公爵，神情也比平時和煦多了，佈滿皺紋的臉上似乎閃過一絲微笑，單薄無血色的嘴唇也微微上揚。

真是一場令人讚嘆的鬥牛賽呀，比真正的鬥牛賽還棒！公主心想著。先前帕爾瑪公爵來拜訪國王時，公主曾和父親去塞爾維亞看過真的鬥牛賽。在模擬鬥牛賽中，有些男孩騎在裝飾華麗的小馬上，揮動著繫有彩帶的長矛，在場中來回奔跑；有些男孩一邊漫步著，一邊對著牛隻揮舞紅色披肩，一旦他們以長矛刺中牛，就輕盈地越過柵欄。那些牛雖然是以柳條和牛皮編成，一經人們舞動，便如真牛般靈活，而且還可以用兩條後腿在場裡奔跑，就連真正的牛恐怕都做不到。男孩們盡情表演，假牛也生動靈活，看台上的女孩們興奮地大叫，還站上座位，揮舞手上的絲帕，學大人一樣叫著：「好哇！好哇！」就像他們是真正的大人一樣。

最後，經過激烈的延長賽，幾匹木馬被刺穿，騎士們也一個個倒下，只剩提耶‧努瓦伯爵制伏了牛隻，他請求小公主讓他刺死牛，公主允許了，於是他高舉木劍，殘忍地刺入牛頸，但因太過用力，牛頭掉了下來。駐馬德里的法國大使的小公子羅奈，不禁笑了出來。

競技場上響起熱烈的掌聲，兩名穿著黃黑色制服的摩爾族侍僕，神情肅穆地將倒下的木馬拖出場外。在這短短的插曲之後，由一位法國的韻律大師站在繃緊的繩索上表演；接下來是義大利木偶劇團在特地搭建的舞台上表演半古典悲劇〈莎弗尼斯巴〉，這些木偶表演得很精采，舉手投足有如真人，令人感動。戲還沒結束，公主就已悲傷得落淚，有些小女孩也哭了，得用糖果來哄她們。宗教審判

官也感動地對唐 • 比卓說，木偶雖然只是用木頭和彩蠟做成，再由人們以吊索操作，卻能表現出悲傷痛苦和不幸。

接著來自非洲的魔術師登場，他提著一個扁扁的大籃子，上面蓋著紅色的布，放在廣場中央，他從頭巾裡取出一枝奇妙的牧笛吹了起來；不久之後，紅布開始移動，隨著笛聲愈發尖銳，一條綠色和一隻金色的蛇慢慢抬起牠們的楔型頭，並隨著音樂搖擺，彷彿水中飄動的水草。這兩條蛇的頭上有斑點，還不時吐著蛇信，小朋友們被嚇得說不出話。不過，當魔術師從沙堆中變出一棵開滿白花又結實纍纍的橘子樹時，小朋友都開心地喝采。然後，魔術師取來拉斯 • 多瑞伯爵的小女兒手上的扇子，並將它變成一隻藍色的鳥，在帳幕裡飛翔歌唱。大家都興奮極了，歡呼聲不絕於耳。

隨後登場的，是由聖母大教堂舞蹈團的男孩們所呈現的莊嚴舞蹈，十分吸引人。他們每年五月都會在聖母大教堂的主祭壇前面表演，但公主卻從未見過。事實上，自從一個接受了英女王伊莉莎白賄賂的瘋狂牧師，試圖拿有毒的薄煎餅謀害西班牙王子之後，西班牙皇室就再也沒有走進薩拉哥薩大教堂。因此，小公主只聽說過這種優美的聖母舞，卻從沒有機會親眼見到。

跳舞的男孩們穿著白色天鵝絨製成的古老宮廷服，戴著特殊的三角帽，帽上綴有銀穗，還插著許多鴕鳥毛。他們在陽光下婆娑起舞，雪白的裝束在黝黑皮膚和髮絲的襯托下，表情莊重威嚴，舞步變化多端，姿態優美，深深吸引了場內觀眾的注意。他們跳完舞，將羽毛帽拋向公主，表達敬意，公主欣然回禮，還承諾說要貢獻一枝大蠟燭放在聖母大教堂的聖台上。

　　一支俊美的埃及人隊伍——當時的人稱吉普賽人為埃及人——前進到舞台然後圍成一圈，盤腿坐下，輕柔地彈奏琵琶，並隨著旋律擺動身體，嘴裡含糊地哼唱著。但是當他們看到唐‧比卓時，臉色隨即變得陰沉，有的人甚至露出害怕的表情。那是因為他曾在幾星期前，將他們的兩個族人以施行妖術的罪名，吊死在塞維爾的市集。但是漂亮的公主吸引了他們，當她微微向後傾，用湛藍的大眼睛透過紗扇看著他們時，他們都認為，像她這樣一個可人兒，是絕不會殘害人的。於是他們溫和地彈著，用長指甲的尖端輕觸琴弦，頭也輕輕地點著，彷彿在打瞌睡。忽然間，一聲尖叫驚嚇了在座的孩子們，唐‧比卓的手甚至握緊了腰際短劍的瑪瑙劍柄。只見埃及人有如夢醒一般地跳躍起來，瘋狂繞場旋轉，一邊擊打手鼓，一邊以獨特的嗓音唱著狂放的情歌；沒多久，傳來一聲訊號，他們應聲撲倒在地，安靜地趴著，場中頓時寂靜下來，只剩單調的琵琶聲迴盪著。他們離開了一會兒，然後又回到現場，牽來一頭毛茸茸的大棕熊，熊的身上還坐著幾隻北非小猴子。那隻熊認真地表演倒立，那幾隻瘦小的猴子則在兩個埃及人男童的指引下表演各種滑稽的把戲，或是耍弄刀劍，或是模仿國王的侍衛踏步。埃及人的表演很成功。

　　不過整個早上的娛樂節目中最好玩的部分，莫過於小侏儒的舞蹈了。他擺動著彎曲的雙腿，搖晃著畸形的大頭，蹣跚地進場，小朋友看了都大笑起來，公主也大笑不止，於是隨行的女公爵不得不提醒她——儘管西班牙有不少公主在同輩前哭泣的紀錄，但是一位身分高貴的公主在身分低於她的人面前興奮大笑，卻是前所未聞的。可是小侏儒的表演實在讓人無法抗拒，即使是對新奇事物感興趣的西班牙皇室，也不曾見過如此有魅力的怪物。

這是小侏儒的首次演出。他是在兩天前被發現的,當時他在森林裡亂跑,被兩位正要去打獵的貴族看到,於是將他帶回皇宮,作為送給公主的驚喜。他的父親是窮苦的燒炭工,巴不得送走這個沒用的醜小孩,所以很高興有人願意收養他。也許他最可笑的部分就是他對自己的醜陋長相渾然不覺。的確,他總是神情愉悅而且精神飽滿,當小朋友們笑的時候,他也跟著哈哈大笑,就像他們一樣開心。

他每跳完一支舞,就以最滑稽的模樣深深一鞠躬,並點頭微笑,彷彿自己是他們的成員,而非生來供人取笑的怪物,但可笑的是,人們還是只把他當成嘲笑的對象。

小侏儒則完全被小公主迷住了。他無法將視線從公主身上移開,覺得自己只為她而舞。

小侏儒的表演結束後,小公主想起以前看過許多皇室名媛對來自義大利的男高音卡伐列利投擲花朵,那時由於教宗想治癒憂鬱的國王,特地將自己教堂裡的男高音歌者派來馬德里。於是小公主取下插在髮際的漂亮白玫瑰,帶著半開玩笑、半惹女公爵生氣的態度,微笑著將花拋給台上的小侏儒。他恭謹地撿起花,用乾燥的嘴唇親吻著,以手撫胸,單膝跪在公主面前,咧嘴而笑,明亮的眼睛開心地眨呀眨的。

公主不顧尊嚴地狂笑不止,就連小侏儒退場了,她還在笑,甚至一再要求叔叔下令讓小侏儒再度上場。但是女公爵以太陽太大為藉口,建議公主應該立刻回宮,因為在皇宮裡,已為公主準備了盛宴,包括一個以糖漿寫上公主名字的蛋糕,上面還插著銀色小旗子。

公主高貴地站起身，要求小侏儒在午休後再為她跳舞，並向提耶‧努瓦伯爵致謝，感謝他的盛情招待。然後，公主回宮，所有的小朋友也依照之前進場的順序隨行。

小侏儒一聽到自己將再度為公主跳舞，而且是她親自要求時，他欣喜若狂地跑進花園，開心地吻著白玫瑰，並以最笨拙愚蠢的姿態跳舞。

花兒對於小侏儒貿然闖進它們的美麗家園，感到非常生氣，尤其看到他揮動手臂在園中跳躍，它們的怒氣幾乎要爆發出來。

「他真的太醜了，不配在我們的花園玩。」鬱金香嚷著。

「他應該喝罌粟汁，然後長眠個一千年。」深紅色的百合花氣得漲紅了臉說道。

「他簡直恐怖，」仙人掌尖叫，「他這麼矮胖，身材扭曲變形，頭和腳完全不成比例。說真的，看得人汗毛直豎，他如果敢過來，我會用針刺他。」

「可是他竟拿了我最美的一朵花。」白玫瑰氣得大聲說：「那是我今天早上獻給公主的生日禮物，但被他奪走了。小偷，小偷，小偷！」

至於一向緘默、有一大群窮親戚的紅色天竺葵，在看見小侏儒時，也厭惡地蜷起身子。紫羅蘭比較溫和，用相對公正的立場說小侏儒雖然醜，但也不能怪他。這番話立刻引來大夥的反駁，它們覺得那正是他的致命缺點，人們很難說服自己去欣賞這樣的人。其實

紫羅蘭也覺得小侏儒的醜態有點做作，如果他能顯得悲傷或憂鬱些，而不是這麼快樂地跳躍，看起來可能還比較討人喜歡。

至於在園中的那座曾為查理五世報時的老日晷，一看見小侏儒，也驚訝地幾乎忘了宇宙運轉的規律，細長的指針不由得退了兩格。它不得不對著那隻在欄杆上曬太陽的乳白孔雀說：「大家都知道，國王的孩子就是國王，而燒炭工人的小孩也只能去燒炭，如果要假裝是很荒謬的。」

白孔雀完全同意此說法，尖聲大叫說：「說得對，說得對！」就連在清涼噴水池中悠游的金魚也從水面探出頭來一探究竟。

不知為何，鳥兒卻很喜歡小侏儒，因為牠們常在森林見到他像個小妖精似地在落葉上跳舞，或是躲進老橡樹中空的樹幹裡，好心地把堅果分給松鼠吃，牠們對他的醜陋外表絲毫不以為意；就連在夜晚的橘子園中歌唱、引來月亮聆聽的夜鶯，也不覺得小侏儒長得醜，而且他對鳥兒很好，特別是在艱困的冬天，當樹上沒有果實，大地像鋼鐵般堅硬，野狼進城覓食的時候，他也絕不會忽視他可愛的朋友，常常拿出僅有的黑麥麵包塊請大家吃，甚至把自己微薄的早餐分給大家。

所以鳥兒在他身邊飛來飛去，經過他時還會淘氣地用翅膀碰觸他的臉頰，或是湊近他的耳朵，陪他說話。小侏儒高興地把白玫瑰拿出來給牠們看，告訴牠們，是公主親自給他的，因為她愛他。

鳥兒聽不懂他說的話，但沒有關係，牠們把頭撇向一邊，看起來很聰明，就像聽懂了一樣，這比真的聽懂還容易多了。

105

蜥蜴也很喜歡他，當他跑累了躺在草地上休息時，牠們在他身邊陪他玩，好讓他高興，「沒有人比蜥蜴更美，」牠們高興地說：「雖然聽起來有點兒荒唐，但小侏儒並不醜，只要你閉上眼不看他的話。」蜥蜴是天生的哲學家，每當無聊或是遇到下雨無法出去時，蜥蜴們就會坐在一起思考。

然而花朵對於鳥兒和蜥蜴的行為，感到十分生氣，「真是譁眾取寵，牠們整天爬來爬去、飛上飛下，這些粗鄙的行動會造成不良的影響。教養好的人會像我們一樣，待在同一個地方。沒有人會看到我們在花徑上跑跳，或是在草地上拚命追逐蜻蜓。如果我們真的想透透氣，就請園丁將我們搬到另一張花床，這樣才顯得高貴，也才是正確的行為。但小鳥和小蜥蜴卻不明白，牠們不懂得靜謐之美，而且棲無定所，就像吉普賽人一般漂泊，甚至樂此不疲。」於是它們昂起頭，看起來非常高傲。過了不久，當它們看到小侏儒從草地蹣跚而起，穿過陽台朝皇宮走去時，紛紛開心地大笑。

「他應該一輩子都待在屋子裡！看看他駝了的背和彎曲的O型腿。」花兒說完開始竊笑。

但是小侏儒一點也不知情，他非常喜歡小鳥兒和小蜥蜴們，更認為花朵是世上最美的——僅次於高貴的小公主，況且公主送了他一朵美麗的白玫瑰來表達愛意，這實在意義非凡。

他多麼希望公主能夠陪他回到樹林，她說不定會讓他坐在自己右手邊，並且對他微笑，他一定不會離開她身邊的，他要做她的玩伴，教她所有好玩有趣的戲法。雖然他以前不曾來過皇宮，但他懂得許多美好有趣的事物——他會用燈芯草編成鳥籠，抓蟋蟀進去唱

歌；他會將細長的竹子裁成笛子，吹出令牧神也陶醉的旋律；他認得所有鳥兒的聲音，可以叫星椋鳥從樹頂飛來，或從湖邊叫來蒼鷺；他知道小動物的行蹤，能從地面的腳印尋覓野兔，從被踐踏的葉子找到野豬。他還知道風之舞，在秋天披著紅葉忘情地起舞，蹬著藍色小花在榖子上輕舞；冬天時，與白雪共舞，到了春天則在果園裡與花兒共舞。他知道斑鳩在哪裡築巢，曾經有捕鳥人設陷阱抓走斑鳩夫婦，他於是主動養育雛鳥，在榆樹樹洞裡為牠們築巢，雛鳥非常溫順，每天早上都會湊近他的手進食，小公主一定會喜歡他們。另外還有在野蕨叢中跳躍的兔子、有著黑喙和紫棕色羽毛的鳥兒、把自己蜷成刺球的豪豬，以及搖頭晃腦慢慢爬行又愛吃嫩葉的烏龜。公主一定會被牠們迷住的。是的，她一定會來森林和他一起玩耍。他會將自己的小床讓給她睡，然後靜靜地在窗外守到黎明，不讓有角的野牛傷到她，也不會讓瘦削的野狼爬進她的小屋。天一亮，他會輕敲門窗喚醒公主，再相偕到戶外跳一整天的舞。

在森林裡一點也不會寂寞。有時，主教騎在白騾上，一邊讀著繪本，經過森林；獵鷹人戴著綠絨帽，身穿鹿皮上衣，手腕上立著被蒙住頭的老鷹，緩步林間。葡萄收成時，會有工人來採收葡萄，他們戴著長春藤編成的花環，手腳沾滿了紫漿，然後提著裝酒的皮袋，滿意地離開。還有一次，他看到一支壯觀的隊伍正風塵僕僕地邁向托利多，修道士在前面愉快地歌唱，手持亮麗的旗幟和金光閃閃的十字架；士兵穿著銀色甲冑，握著火繩槍和長矛尾隨其後；行列中有三個人光著腳，身穿繪滿特殊圖案的黃衣裳，手上拿著點燃的蠟燭。

森林裡有琳瑯滿目的新奇事物，當公主累了，他會為她找一處

鋪滿青苔的河岸,讓她可以小睡;或是把她抱起來,因為他知道自己雖然不高,卻很強壯。他會為公主用紅色莓子串成項鍊,襯托她衣飾上的乳白珍珠,如果她不喜歡,他再為她找別的。此外,他會為她尋找橡實的殼和沾著露水的銀蓮花,並蒐集螢火蟲來妝點她的金髮。

但是她在哪裡?他問白玫瑰,它沒回答。整座皇宮彷彿已經入睡,大部分的門窗已經闔上,沒有關上的窗戶也垂下了厚厚的窗簾。他到處徘徊,想找到皇宮入口。最後,他發現一個隱密的小門開著,於是溜了進去,赫然發現自己置身於豪華的大廳,比起他住的森林還要壯觀,他感到有點膽怯。到處都金光閃閃的,地板鋪著五彩大理石,還排成宏偉的幾何圖形。小公主不在這裡,這裡只有一些美麗的白色雕像矗立在青玉高台上,用悲傷空洞的眼神和奇怪的微笑俯視著他。

大廳盡頭掛著一幅華美、繡著太陽與星星的天鵝絨掛氈,是國王最喜歡的黑色。小矮人心想,公主會不會就躲在那後面?因此他無論如何都要找找看。

他躡手躡腳地走過去,掀起掛氈。不,那只是另一個房間,他覺得這個房間比他剛離開的那間還漂亮,牆上掛著一幅圖形繁複的綠色阿拉斯掛氈,上面繡著一群狩獵的人,這是法蘭德斯藝術家花了七年才完成的。這個房間是「瘋子唐璜」曾住過的地方,這位瘋癲的國王沉迷狩獵,一旦精神錯亂,他會想騎上畫裡那些受到驚嚇而揚起前蹄的馬,驅趕獵犬前去圍捕鹿群;再不然就吹起號角,或是用匕首去刺殺飛躍的鹿。這個房間現在變成會議室,在中央大桌

上有大臣們的紅色公事包，上面印有代表西班牙皇室的金色鬱金香，以及哈布斯堡皇族的標誌。

小侏儒向四周張望，內心好奇但又膽怯，看著掛氈中那些陌生的騎師無聲地快速穿越林間空地，令他想起燒炭工人說過的恐怖精靈「康拉喬」，那些精靈只在夜晚出來狩獵，將遇到的人變成雌鹿再加以圍捕。想到這些，他雖然覺得害怕，但只要想起美麗的公主，他就勇氣大增，決定向她訴說愛意，也許她就在房間外面。

他跑過柔軟的摩爾地毯，然後打開了門。沒人！她不在那裡，房裡空盪盪的。

那是接待外國大使用的會客廳，但現在因為國王的緣故，已極少在此接見大使了。多年前就在這座大廳，英國來的大使曾在此研討天主教的英女皇與皇室長子的聯姻事宜。屋裡掛的帷幔是綴有金箔的哥多華牛皮製成，黑白相間的天花板上懸掛著鍍金的燭台，上面插了三百枝蠟燭。王座就擺在一張以珍珠繡成的獅子和卡斯提爾高塔的金色帳幕下方，座上還覆蓋著華麗厚重的黑絲絨罩布，上面繡了銀色的鬱金香，邊緣用精細的銀線和珍珠點綴著。

王座的第二階擺著公主的跪凳和銀線織成的坐墊，跪凳下方則是教皇專用的座椅，但是位置已經超出了帳幕的範圍。教皇是唯一有權在正式典禮中與國王面對面而坐的人，他的那頂紅色流蘇帽則放在前面的紫色茶几上。在面對王座的牆壁上，掛了查理五世的肖像，尺寸和本人同高，畫中的他穿著獵裝，身邊有一頭勇猛的獵犬；另一邊的牆上，則掛著一張菲利普二世接受荷蘭人進貢的畫像。兩扇窗之間放著一具鑲嵌了象牙的黑檀木櫥櫃，上面刻著畫家霍班的

畫作〈死亡之舞〉中的人物，相傳是大師親自雕刻的作品。

　　但是小侏儒毫不關心這些華麗宏偉的東西，就算拿帳幕上的一切，跟他交換手中的白玫瑰，甚至是拿王座與他交換，他也不願割捨任何一片花瓣。他只求在公主回大帳篷看演出前，兩人能夠見面，他會詢問她願不願意等他跳完舞以後，一起回到森林。皇宮裡的氣氛太凝重沉悶了，但是在森林裡，和風徐徐，還有溫暖的陽光輕拂數不盡的葉子。森林裡的花兒雖然不及御花園裡的那麼繽紛，聞起來卻更加香甜芬芳。早春的風信子在涼爽的山谷中欣欣向榮，隨風泛起陣陣紫浪，山丘頂上綠草如茵，一簇簇的黃色櫻草花圍繞在橡樹根節的四周；此外還有鮮豔動人的白屈菜、藍色的水苦賈和粉紫色的紫丁香。銀灰色的萊莄花爬滿了榛樹；毛地黃上掛著沉甸甸的蜂巢，重得只得彎下腰；栗子樹上散布著銀白星光；山楂上映著月光。他一心一意想找到公主，她會答應隨他去美麗的森林，而他也將整天跳舞來逗她開心。這個想法讓他喜上眉梢，接著他走進另一個房間。

　　這一間是所有房間中光線最明亮美麗的一間。牆面用粉色的盧卡花緞佈置而成（註：Lucca，是義大利西北部的城市，位於佛羅倫斯西部），上面有銀線繡成的花鳥圖案，所有的家具都是由純銀打造，並有豔麗的花環和旋轉的邱比特雕像作為裝飾。兩座大壁爐前擺著繡上鸚鵡和孔雀的屏風，碧綠的彩紋瑪瑙地板延伸到遠方。他隻身一人卻不孤單，在房間另一頭的門邊，有個東西正在看著他。他的心跳加快，大呼一聲，然後向外走到陽光下，當他這麼做時，那個東西也跟著走出去，於是他可以清楚看見了。

是公主嗎？不！這是他所見過最醜陋的怪物，它長得不像普通人，不但駝背，四肢也扭曲變形，歪斜的大腦袋上有一叢焦黑的亂髮。小侏儒皺眉，這怪物也皺眉；他大笑，怪物也大笑；他雙手叉腰，怪物也依樣畫葫蘆；他對它嘲弄地鞠躬，它也微微地向他鞠躬；他走向怪物，怪物也走向他，每個步驟都像在重複；它止步時也正是他止步時。當他大叫著跑向前去，碰到怪物的手，他感覺到它的手和冰一樣冷。他把手伸過去，怪物也快速地伸過手來，他想壓住它，但是有一個平滑堅硬的東西阻擋了他，怪物的臉現在和他的臉靠得很近，看起來十分恐怖。他把眼前的瀏海撥開，怪物也如法炮製。他伸手打它，它也加以還擊。他對它擺臉色，它也回報令人毛骨悚然的表情，他微微向後退，它也後退。

那是什麼？他想了想，環顧房間的周遭。真是奇怪，好像房間的每樣東西都在這面清澈如水的牆壁上重複出現。是的，每個景象都在牆上重複，門邊壁龕上躺著牧神雕像，而在房間的另一頭也躺著牧神的孿生兄弟；在太陽下銀光閃爍的維納斯雕像，也正對著一尊同樣美麗的維納斯伸出手臂。

那是回音嗎？他曾經在山谷中和它對喊，而回音總是會逐字地重複回應。難道回音也能模仿雙眼見到的一切，就像它模仿聲音那樣嗎？它能仿造出真實的世界嗎？影子竟然有顏色，而且像有生命之物一樣移動嗎？它難道是……？

他把嬌豔的白玫瑰從胸前取出，轉過身輕輕吻著。怪物居然也有一朵，所有的花瓣都一模一樣，它也像他親吻玫瑰一般吻了玫瑰，然後像他一樣驚訝地將白玫瑰貼在胸前。

真相大白，他失望地哭了，倒在地上嗚咽。原來，那個駝背又雙腳扭曲的猥瑣怪物就是他自己，原來小孩們就是在笑他。他本以為小公主愛他……原來她根本就是在嘲笑他的醜陋，嘲笑他那扭曲的四肢。人們當初為什麼不讓他留在森林裡算了？為什麼他們不拿鏡子讓他看見自己是多惹人嫌？為什麼父親不乾脆把他殺了？

熱淚從他的雙頰滴下，他把白玫瑰撕成碎片，那隻猙獰的怪物也照做，將碎花瓣撒向空中；他在地上掙扎爬行，看到怪物時，它也用痛苦的表情看著他。他爬走了，不願再看到它，於是用手遮住眼睛，像一隻受傷的動物般蠕動著，爬進陰影中，躺在那裡呻吟。

這時，公主和玩伴們從敞開的落地窗走了進來，看見小侏儒躺在地上。他緊握拳頭，用最激動又最奇怪的樣子，不斷地捶打地板。他們看了大笑起來，大家圍上前看著他。

「早上他的舞很好笑，但是他現在的表演更可笑，幾乎像玩偶一樣棒了，只是沒那麼自然。」公主一邊揮扇一邊評論著。

小侏儒不敢抬頭看，他的啜泣聲愈來愈微弱。忽然，他開始劇烈地喘氣，並抽搐了一陣子，便渾身僵硬不動了。

「表演得還不錯，」公主說著，停頓了一會兒，「但是你得起來為我跳舞呀！」

「對呀！」小朋友喧嚷著，「你必須站起來跳舞，因為你和北非小猴一樣有趣，而且更好笑。」

但是小侏儒始終沒有回答。

公主頓足，大聲喚來叔叔，她的叔叔當時正在和宮廷大臣在陽台附近散步，並研讀一些剛從墨西哥聖殿送來的急件，「我那個有趣的小侏儒在耍性子了，你必須把他叫起來為我跳舞。」

她的叔叔和宮廷大臣相視而笑，緩緩走過來。唐·比卓彎下腰，用他的刺繡手套打了小侏儒的臉頰一巴掌。「該跳舞了！」他說：「拜託你，怪物！你一定得跳，因為國王之女需要你逗她開心。」

但是小侏儒還是不動。

「小侏儒該被鞭打！」唐·比卓懶懶地說完，走回陽台。但是宮廷大臣一臉凝重地跪在小侏儒身邊，伸出手放在小侏儒的胸前，幾分鐘後，他站起身，聳聳肩，對公主一鞠躬，然後說：「美麗的公主呀！您那個有趣的小侏儒不會再跳舞了，真是可惜呀，他長得這麼醜，一定能逗國王笑的。」

「但是他為什麼不會再跳舞了呢？」公主笑著問。

「因為他的心碎了。」宮廷大臣回答。

公主皺皺眉頭，鄙夷地噘起她那玫瑰般的小嘴，說道：「以後，得找些沒有心的人來陪我玩才對！」她大聲說完，跑進花園裡。

漁人與他的靈魂:給摩納哥公主愛麗絲

The Fisherman and his Soul :
To H.S.H Alice, Princess of Monaco

「眞是奇怪！神父說靈魂比全世界的黃金還珍貴，但是商人卻說他一文不值。」

'How strange a thing this is! The Priest tell me that the soul is worth all the gold in the world, and the merchants say that it is not worth a clipped piece of silver.'

每天傍晚，年輕的漁人都會出海，往大海裡撒下漁網。

當風從陸地上吹來時，他無法捕到魚。就算捕到，也是寥寥可數，因為如果吹來的是凜冽的黑翅風，往往會激起迎面而來的大浪；但如果風反向吹向海岸的話，豐富的魚群就會從深海底湧上，游進他的網裡，他就可以將漁獲帶到市場去賣。

每天傍晚他都會出海。有一天，撒下的漁網重到他幾乎無法拖上船，他高興地笑著說：「我一定是抓到了所有的魚，不然就是有令人驚嘆的怪獸；再不然，就是抓到了皇后想要的可怕東西。」他使盡全力將纜繩往上拉，手臂上也浮現青筋，有如青銅花瓶上的那些藍色琺瑯條紋。他用力地拉上纜繩，浮標的中心逐漸接近，漁網終於浮出了水面。

但是，網子裡沒有半條魚，更沒有妖怪或是什麼恐怖的東西，只有一條小美人魚在裡面熟睡著。

她的頭髮有如潮溼的金色羊毛，每根髮絲就像是玻璃杯裡放著的上等金線，身體有如象牙般白皙，魚尾則泛著珍珠白，深綠色的海草纏繞其上。耳朵彷彿海中的貝殼，唇色有如海底珊瑚，沁涼的海浪不斷地潑向她的胸前，海鹽在她的睫毛上閃閃發光。

年輕漁人看到美麗的小美人魚，心中充滿驚喜。他伸出手將漁網拉向自己，往前傾把小美人魚擁入懷裡。小美人魚碰到漁人的胸口時，突然像受驚的海鷗般大叫並驚醒。她用淡紫色水晶般的眼睛恐懼地望著他，並且掙扎地企圖逃走，但是漁人把她摟得更緊，不讓她離開。

她發現自己無法掙脫，於是啜泣著說：「求求你放我走，我是海王的獨生女，我的父親年老又孤獨。」

年輕漁人回答她，「我不會讓妳走的，除非妳答應我，不論在何時，只要我呼喚妳，妳就會出現並唱歌給我聽，因為魚兒喜歡聽到同類的聲音，這樣我的漁網一定會滿載而歸。」

「如果我答應你，你真的會放我走嗎？」美人魚哭泣道。

「放心，我一定會讓妳走。」漁人說。

於是，她答應了他的要求，並以人魚的聲譽發誓。於是漁人鬆開手臂，讓顫抖驚懼的小美人魚回到海中。

此後，每天傍晚，年輕漁人出海捕魚時，就叫喚美人魚。她會浮出水面並對他歌唱，海豚們圍繞著她游泳，海鷗也在她的頭上盤旋。

她的歌聲清脆悅耳，唱著〈人魚之歌〉，人魚肩上扛著幼小的人魚，帶著魚群，成群從這個洞穴游到那個洞穴；然後她唱起〈海神川頓之歌〉，海神留著長長的綠鬍子，露出毛茸茸的胸膛，每逢海王游過，他就會吹起響亮的海螺。她的歌聲中提到海王的宮殿，那裡有琥珀城牆、翡翠屋頂，以及珍珠地板；海底的花園陳列著壯觀的扇狀珊瑚，隨波蕩漾，銀鳥般的魚群來回地穿梭，海葵攀附在岩石上，粉紅色的嫩枝從黃沙中冒出來。她的歌聲也提及那些從北海游來的大鯨魚，魚鰭上掛著尖利的冰柱；女妖們用動人的故事誘惑往來航行的商旅，商人們不得不用蠟塞住耳朵，以免受到迷惑而

跳入海中。

　　歌聲中也描述了桅杆聳立的大船沉入深海，凍僵的水手們緊抓著船桅，金槍魚在舷窗裡漫游；愛旅行的小螺貝，攀在龍骨上暢遊全世界；住在海底的烏賊伸出黑色長臂，就可以讓白天變成黑夜。她還唱到鸚鵡螺駕著自己用貓眼石刻成的小船，揚起絲質船帆出航；快樂的人魚男用豎琴奏出的美妙音樂，可以讓海中的妖怪沉睡；小人魚們抓住海豚的背鰭，騎在牠背上嬉戲歡笑；躺在白色泡沫裡的美人魚們，向船上的水手伸出手臂表示歡迎；還唱到有著彎曲長牙的海獅，以及飄揚著鬃毛的海馬。

　　當她吟唱時，所有的金槍魚都從深海浮出，只為了聽她的歌聲，年輕漁人便用漁網或魚叉將牠們全數捕獲。當他的船滿載而歸時，小美人魚會對他微笑，然後潛入海中。

　　然而她從不靠近漁人，也不讓他接近自己。年輕漁人無論怎麼叫喚或懇求她過來，她還是不答應。如果年輕漁人想抓住她，她就會像海豹一般迅速地潛入水裡，消失無蹤，然後年輕漁人整天都看不見她。日復一日，年輕漁人沉醉在小美人魚的甜美歌聲中，幾乎忘了自己的捕魚技巧和工作。金槍魚群游過來，朱紅色的魚鰭和凸出的眼睛閃閃發亮，他卻毫不在意；他的魚叉擱置不用，柳枝編成的魚簍空無一物。他的雙唇微張，怔怔地坐在船上聆聽歌聲，直到海霧籠罩他，月光將他那黝黑的四肢染成銀白色。

　　一天晚上，年輕漁人又呼喚小美人魚，並且說道：「小美人魚，小美人魚，我好愛妳。讓我做妳的新郎吧！我實在太愛妳了。」

　　小美人魚搖搖頭說：「你有人類的靈魂，若你願意送走它，我就愛你。」

　　年輕漁人喃喃自語：「我的靈魂對我有什麼用呀？我看不見也摸不到它，當然願意送走它來換取幸福。」他高興地大喊，從彩繪的船上站起來，向小美人魚伸出手臂，「我會把我的靈魂送走的！」他大喊：「妳會成為我的新娘。我倆一起住在海底，妳歌詞裡描述的所有事情，我都要看；妳所期望的，我也會去做，我倆永不分離。」

　　於是美人魚開心地笑了，把臉埋在手心中。

　　「但是我要怎麼把我的靈魂送走呢？」年輕漁人大聲問道：「告訴我，我該怎麼做？我會努力去做的。」

　　「啊，我不知道，」小美人魚說：「我們人魚是沒有靈魂的。」她沉思般地望著漁人，然後回到海裡。

　　第二天一早，太陽才剛升起，年輕漁人來到神父家，在門上敲了三下。

　　修士從鎖孔中看到來者是誰之後，拉開門閂，說道：「請進。」

　　年輕漁人進去了，跪在散發香氣的燈芯草墊子上，向正在研讀聖經的神父哭訴：「神父呀，我愛上了一條人魚，但是我的靈魂成了我和她相戀的阻礙。請告訴我，如何把我的靈魂送走，我再也不需要它了。靈魂對我有何價值呢？我看不見它，摸不到它，更不認識它。」

神父捶胸說：「唉，唉！你是瘋了還是吃了什麼毒草？靈魂是人類最高貴的一部分，是上帝賜予我們的寶物，讓我們盡情運用的。世界上沒有什麼比它更貴重的物品了，也沒有其他事物能與之相提並論，無論是全世界的黃金、或是國王的紅寶石皆然。孩子呀！別再這麼想了，這是不可原諒的罪惡呀！至於人魚，他們已經迷失自己，任何與他們來往的人都會沉淪。他們和林中的野獸一般，不懂得分辨善惡，上帝可不是為了他們而犧牲的。」

年輕漁人聽了神父這麼嚴厲的說法之後，淚水盈眶，跪了下來，「神父呀！半人半羊的牧神在森林裡是多麼愜意，人魚坐在岩石上彈奏黃金豎琴，讓我和他們一樣吧！我懇求您，他們的日子就像花朵一般地美好。至於我的靈魂，對我有什麼助益呢？它根本就只會擋在我和我所愛的人事物之間。」

「肉體的愛是下流、低賤的，」神父蹙眉說道：「那些異教徒的下流和邪惡是不聖潔的；林中的牧神該被詛咒，海中的歌者也當被詛咒。我曾在夜裡聽見他們，他們想蠱惑我、阻撓我誦經，還邊敲打我的窗戶邊嬉笑，不然就在我的耳邊耳語。他們百般引誘我，當我祈禱時，他們對我做鬼臉。他們已經墮落了，我告訴你，他們已經墮落了！他們不知何謂天堂何謂地獄，也不懂得讚美上帝。」

「神父呀！」年輕漁人哭訴著：「您永遠也不會瞭解的。有一次，我撒網抓到了海王之女，她比晨星璀璨，比月光皎潔。為了得到她，我願放棄自己的靈魂；為了得到她的愛，我願意放棄天堂。請回答我的疑問，讓我心情平靜吧！」

「走開！走開！」神父叫道：「你的情人已經徹底墮落了，你

也和她一起墮落好了。」神父沒有給予漁人祝福，把他趕了出去。

年輕漁人緩緩走向市場，低著頭陷入悲傷中。

商人們見到他走過來，他們開始交頭接耳。其中一人迎上他，把他叫住，問道：「你今天有什麼要賣的？」

「我要賣我的靈魂。」他回答：「請你向我買吧！我已經厭倦了它，靈魂對我有什麼用處？我看不見它，摸不到它，更不認識它。」

但是商人們嘲笑他說：「你的靈魂對我們又有什麼用？它連一角銀元都不值。把你的身體賣給我們做奴隸還可以，我們會為你穿上紫色的衣服、戴上戒指，讓你去侍奉偉大的皇后。別再對我談靈魂，對我們來說它根本毫無用處，一點價值也沒有。」

年輕漁人喃喃自語：「真是奇怪！神父說靈魂比全世界的黃金還珍貴，但是商人卻說它一文不值。」於是他離開市場，走向海岸，凝神思考自己該怎麼做。

中午時分，他想起一個同伴曾告訴他，在海灣的岩洞中住著一個年輕的女巫，她的巫術很高明。他立刻起身跑過去，揚起一片沙塵，因為他是如此急於擺脫自己的靈魂。年輕的女巫從發癢的手心得知他的來臨，她笑著解下一頭紅髮，站在洞門口等他，手中還拿著一朵盛開的野毒芹。

當漁人氣喘吁吁地奔上海灣懸崖，向女巫下跪行禮時，女巫尖聲問道：「你缺少什麼？你缺少什麼？你想讓漁網裝滿魚？還是讓

風逆吹好讓魚游向你的漁網？我有一枝蘆笛，只要我一吹，鯔魚就會湧入海灣，不過你要付出代價，美男子，你要付出代價！你缺少什麼？你缺少什麼？一個讓船翻覆的大浪，好把船上的寶物全沖上岸？我有比海風還強勁的狂風暴雨，因為我的主人比風還強大，只要一篩子或一桶子的水，我就有辦法讓軍艦沉到海底，不過你要付出代價，美男子，你要付出代價！你缺少什麼？你缺少什麼？山谷中開著一朵花，除了我沒有人知道。它有著紫色葉子，花蕊中有一顆閃爍的星星，它的汁液純白如牛奶，如果你把這朵花拿去碰觸皇后的嘴唇，她將會從國王的床上起身，追隨你到天涯海角。不過你要付出代價，美男子，你得付出代價！你缺少什麼？你缺少什麼？我可以把蟾蜍放在研缽裡搗碎，然後煮成湯，用死人的手攪拌，你可以趁敵人沉睡時將湯汁灑向他，他就會變成一條黑色的毒蛇，接著被自己的母親殺死。我可以用輪子從天上把月亮拖下來，也可以讓你從水晶球中看到死亡。你缺少什麼？你缺少什麼？告訴我你的需求，我可以幫你達成，不過你要付出代價，美男子，你要付出代價！」

「我想要的不過是一樁小事。然而神父卻為此勃然大怒，把我趕走，就連商人也嘲笑我，拒絕我的請求。所以我只好來這裡找妳，雖然人們說妳很邪惡，我也不在乎。要我付任何代價都可以。」年輕漁人說。

「你要什麼？」女巫走近他，微微向他傾身。

「我要送走我的靈魂。」年輕漁人回答。

女巫的面色轉白，身體顫抖，她把臉埋在藍色斗篷中，「年輕

人啊，年輕人，」她喃喃地說：「這太可怕了。」

他將棕色的鬈髮一甩，然後大笑，「靈魂對我而言毫無意義，」他回答：「我看不見它，摸不到它，更不認識它。」

「如果我幫助你，你要給我什麼？」女巫用她美麗的雙眼直視漁人。

「五枚金幣，」他說：「還有我的漁網、我住的小屋，以及我出海用的彩繪小船。只要妳告訴我如何除去靈魂，我願意把我所有的東西都送給妳。」

她嘲弄地笑著，用毒芹抽打他，「我可以把秋天的落葉變成黃金，」她回答：「還可以將皎潔的月光變成白銀，我的主人比全世界的國王還富有，他統領著全世界。」

「那我該給妳什麼呢？」他沮喪地說：「如果妳要的不是金銀。」

女巫用細白的手指輕拂他的頭髮，「你必須與我共舞，美男子。」她微笑地說。

「就這樣？」年輕漁人驚奇地叫著，並站起身來。

「對，就這樣。」她微笑著回答。

「那麼，在日落時，我們就到隱密的地方共舞吧！」他說：「跳完之後，妳就得把我想知道的事告訴我。」

她搖搖頭，「要等到月圓時，月圓時！」她低聲說，然後四周

張望留神傾聽，一隻青鳥從巢中飛出，不停尖叫，並在沙地上不斷盤旋，三隻有斑點的鳥兒在草叢間發出窸窣聲響，不時可聽見海潮拍打岸上礫石發出的聲音。她伸出手，將漁人拉近自己身邊，並用乾燥的嘴唇貼近他耳朵。

她輕聲說：「今晚你要到山頂來，那裡有巫師的宴會，『他』會蒞臨。」

年輕人訝異地看著她，女巫露齒而笑。

「妳說的『他』是誰？」他問。

「那不重要。」她回答：「你今晚去，站在角木的樹枝下等我，如果有黑狗跑向你，你就用柳條趕走牠；如果有貓頭鷹對你說話，不要回答。等到月圓時，我就會和你在一起，我們將在草地上共舞。」

「但是妳要發誓，妳會告訴我送走靈魂的方法。」他要求。

她走向陽光處，紅髮隨風飄搖，「我以山羊蹄發誓。」她回答。

「妳是最好的女巫，」年輕漁人叫著：「我今晚一定會在山頂和妳跳舞。其實我比較希望妳要的是黃金白銀，但我會依照約定付出代價，因為這只是一樁小事。」他脫帽鞠躬，滿心歡喜地跑回城裡。

女巫看著他離開，直到他從視線中消失。她轉回洞穴，從雕工精美的杉木箱中拿出一面鏡子，在鏡架前的炭火上燃燒馬鞭草，然

後透過煙圈看著鏡子。

　　過了一段時間之後，她狠狠地握緊雙手說道：「他應該是我的，我和她一樣美麗。」

　　當天傍晚月亮升起時，年輕漁人爬到山頂，站在角木的枝幹下。渾圓的海面就像磨亮的圓盾般在他腳下延伸，漁船的影子緩緩移近小港灣，一隻大貓頭鷹眨著硫磺色的眼睛，叫喚著漁人的名字，但是他沒回答。一隻黑狗衝向他狂吠，他用柳條抽打牠，於是牠哭著跑走。

　　午夜時分，女巫們如蝙蝠般從空中飛過。

　　「呸！」她們飛抵地面時嚷著：「這裡有不屬於我們的人。」她們到處聞著，並交頭接耳，甚至比手劃腳。最後抵達的是那個年輕女巫，她的紅髮在風中飄揚，身上穿著用金線繡上孔雀眼的衣裳，頭戴綠絲絨帽。

　　「他在哪裡？他在哪裡？」當大家看到她時紛紛尖叫起來，但她只是微笑著，跑向角木，用手牽起漁人，帶他到月光下起舞。

　　他們不停地旋轉，年輕的女巫跳得很高，高得可以看見她深紅色的鞋跟。就在他們跳舞時，忽然傳來了馬蹄聲，卻又不見馬的蹤影，他心中感到莫名地不安。

　　「跳快點。」女巫叫著，將手臂勾在他頸子上，溫熱的鼻息襲上他的臉，「跳快點、跳快點！」她叫著。

地球彷彿在他們的腳下旋轉，令他感到頭暈目眩。一種恐怖的感覺湧上，彷彿有邪惡的東西正盯著他。他終於發現，在大石頭的陰影下有一個先前沒看到的人。

那是一個穿著西班牙式黑絲絨套裝的男人，臉色異常蒼白，唇色卻紅豔如花，他看似疲倦、無精打采地往後靠著，並玩弄短劍的劍柄。他身旁的草地上，放著一頂有羽毛裝飾的帽子，和一雙鑲著金邊並綴滿珍珠的騎馬手套，肩上披著一件有黑貂皮襯裡的短斗蓬，細緻白皙的手指上戴滿了戒指，不過他的眼皮卻沉重地垂著。

年輕漁人像中了咒語般痴痴看著他。終於，他們的視線交會了。無論他跳到哪裡，那雙眼睛都彷彿在追隨他的身影。他聽見年輕女巫的笑聲，連忙摟緊她的腰，瘋狂旋轉著。

忽然，一隻狗在林中狂吠起來，於是大家停止跳舞。女巫們兩兩成對地向前走，跪下來親吻那人的手，這時那個男人的嘴角傲然地微微上揚，然而在他的笑容中，流露出自大輕蔑。他不時盯著年輕漁人。

「來，我們去朝拜他。」年輕女巫在漁人耳邊低語，拉著他向前走。他的心裡忽然升起強烈的欲望，心甘情願地跟隨她。但是當他靠近那個人時，他不由自主地在胸前畫了一個十字，而且呼喊上帝。

女巫們一看到漁人的這個動作，便驚叫著飛走了。至於剛剛一直盯著他的那張慘白臉孔，也開始抽搐起來。

那人走向樹叢中，吹起口哨。一隻戴著銀色轡頭的小馬跑向他，那人跳上馬轉身離去時，哀傷地望著年輕漁人。

紅髮年輕女巫也打算飛走，但是漁人立刻抓住她的手腕。

「放開我！」她大叫：「讓我走，因為你呼喚了不該呼喚的名字，還做了我們不該看的手勢。」

「不！」他回答：「妳得將祕密告訴我，不然我不放妳走。」

「什麼祕密？」她像野貓一般地掙扎，緊緊咬著冒泡的雙唇。

「妳心知肚明！」他回答。

淚水在她碧綠的雙眼中打轉，「除了這個之外，你可以問任何問題。」

他一邊大笑，一邊把她的手握得更緊。

她發現自己無法脫身，於是小聲對他說：「我和海王的女兒一樣美麗，也和碧海中的人魚一樣好看。」她把身體靠向漁人，並且把臉貼近他。

他卻一把將女巫推開，皺著眉頭說：「如果妳不履行對我的承諾，我就殺死你這個假女巫。」

她的臉色頓時像洋蘇木般轉為灰色，顫抖著說：「既然如此，反正是你的靈魂，又不是我的，隨便你！她從腰際取出一把綠蛇皮刀柄的小刀，交給了他。

127

「這對我有什麼用？」他懷疑地問。

她沈默半晌，神情顯得驚懼，然後將瀏海從前額拂去，露出詭異的微笑說：「其實，人們說的影子，並不是真正的影子，而是靈魂之軀。你到海邊背對著月亮站著，沿著腳邊切下自己的影子，也就是你的靈魂，就可以要求靈魂離開你，它就會走開。」

年輕漁人顫抖地喃喃低語：「是真的嗎？」

「是真的，我真希望沒告訴你這些。」她趴在他的膝上哭起來。

他推開女巫，將她留在茂密的草叢。他將小刀插在腰際，開始走下山。

靈魂在他的身體裡大叫，「啊！我跟著你那麼多年了，一直服侍著你。我做錯了什麼事，你竟然要捨棄我？」

年輕漁人笑著說：「你並沒有做錯事，但是我不需要你了。世界很大，有天堂、地獄以及介於兩者之間的幽冥空間。你想去哪裡就去哪裡，別打擾我，我的愛人在呼喚我了。」

靈魂悲哀地乞求他，但他不為所動，逕自越過一塊塊的岩石，像野生山羊一樣輕巧。終於，他到達了平地，來到黃沙遍布的海岸。

他背著月亮，站立在沙灘上，古銅色的四肢與結實的身軀看上去有如希臘雕像。滔滔白浪，彷彿海裡伸出無數的手臂在召喚他，從海面上隱約可見許多身影。他的影子躺在眼前，那是他的靈魂之軀。在他的身後，明月高掛在寂靜的夜空。

靈魂對他說：「如果你真要趕我走，請讓我帶走你的心，這個世界太殘酷了，你讓我帶著你的心走。」

年輕漁人搖搖頭笑道：「如果我沒有心，要拿什麼去愛我的愛人？」

「拜託你好心一點。這世界太殘酷了，把你的心給我，我好害怕。」靈魂說。

「我的心是要獻給我的愛人的，」年輕漁人回答：「不要再留戀了，你走吧！」

「我不配被愛嗎？」靈魂問。

「走吧！我不需要你了。」年輕漁人說，他拿起有綠蛇皮刀柄的小刀，把腳邊的影子切掉了。影子站了起來，面對著他，兩者的長相一模一樣。

年輕漁人後退，把小刀插回腰際，一陣寒顫襲向了他，「走吧！我不要再看到你的臉。」

「不，我們一定會再見面！」靈魂的聲音如笛子般低沉，說話時嘴唇幾乎沒有顫動。

「我們怎麼會再見面？」年輕漁人叫著：「你又不會跟我去深海裡。」

「我每年這個時候會來這裡呼喚你。說不定你會需要我。」靈

魂說。

「我會需要你做什麼？」年輕漁人說：「但如果你一定要這樣，就隨便你了。」

他潛入水裡，半人半魚的海神吹起號角，小美人魚浮出水面迎接他，並用手環抱他的脖子，親吻他的雙唇。

靈魂落寞地站在海灘望著他們，等到他們游向海底，它才悲傷地越過沼澤獨自離去。

一年過去了，靈魂回到海邊呼喚漁人，漁人浮出海面問道：「你叫我做什麼？」

靈魂回答：「靠近一些，這樣我才好和你說話，因為我見到了許多奇妙的事。」

於是漁人靠近了些，靠著岸邊，用手托住下巴聽著。

靈魂對他說：「我離開你之後，就朝東方旅行，因為一切智慧都源自於東方。我走了六天，到了第七天早上抵達韃靼國的某座山丘上。我坐在一棵檉柳的樹蔭下乘涼，大地乾涸炎熱，人們在平原上奔波，有如蒼蠅在光亮的銅盤上爬行。

到了中午，一片紅色塵沙從地平線上揚起，當韃靼人看到這情形，連忙拉上五彩弓箭，躍上他們的小馬向前奔去；婦女們尖叫著跳進馬車，躲在布簾後面。

黃昏時，韃靼人回來了，但是其中五個人失蹤了，而且回來的人也有許多人受傷。他們將馬套上韁繩，然後匆匆啟程。三隻豺狼從洞穴中走出，盯著他們，牠們用鼻子聞了聞，然後朝反方向離去。

月亮升起時，我看到大地上升起營火，於是趨前一探究竟，一群商人圍著營火坐在毛氈上，駱駝則拴在他們身後的木樁。他們養的黑奴在沙地上搭帳篷，並用刺梨樹圍成藩籬。

我走近他們，商隊首領站起來並拔出刀，問我是做什麼的。

我回答說，我是某國的王子，因為要躲避那些想抓我為奴的韃靼人，所以逃亡在外。首領聽了微微一笑，指示我看看懸掛在竹竿上的五個人頭。

然後，他問我誰是上帝的先知，我回答是穆罕默德。

他聽到這個假先知的名字時，舉起我的手並鞠躬，還把我安置在他身邊。一個小黑奴為我送上一個盛著馬奶和烤小羊肉的木碗。

黎明時，我們出發繼續旅程。我騎著一頭紅毛駱駝，跟在首領的身邊慢慢走著，領隊者手持長矛走在前方，隊伍兩側有英勇的戰士隨行，大隊裡共有四十隻駱駝。隊伍的末端有驢子馱著商品，驢子的數量估計有駱駝的兩倍。

我們從韃靼國邁向了詛咒月亮的國度，看到鷹頭獅身獸在白色岩石上守護著牠們的金子，還看到披著鱗片的龍在洞穴中熟睡。路過山地時，大家都小心翼翼地，唯恐大雪會崩塌倒在我們身上。此外，我們還用紗罩蒙住眼睛來遮蔽大雪的反光。行經山谷時，有小

矮人躲在樹洞裡對我們放箭；晚上，我們還聽到野人的擊鼓聲。

我們到達猴塔後，把水果放在猴子面前，這樣牠們才不會傷害我們。接著來到蛇塔，我們用金銅碗盛了熱牛奶餵蛇，牠們也讓我們通過了。隨後來到歐克薩斯河，乘坐有皮帶襯墊的木筏渡河，水裡的河馬對我們咆哮，想殺害我們，駱駝看到牠們也開始發抖。

各地的領主都向我們收了過路費，卻不准我們進城。他們從城牆上對我們丟擲麵包、蜂蜜玉米餅以及棗泥蛋糕。他們每給我們一百籃食物，我們就以一粒琥珀珠子作為交換。

村子裡的居民看到我們來了，便在井水下毒，然後逃到山頂。我們和馬葛達人打了一仗，他們出生時老態龍鍾，然後愈長愈年輕，一直到變成小小孩時才死去；我們也和拉克楚人對打，他們以老虎之子自居，把自己的身體塗成黃色和黑色；我們和阿朗特人打，他們把死人懸掛在枝頭，自己則住在幽暗的山洞裡，因為他們怕被太陽神奪去性命。此外，我們還和克朗尼安人交戰，他們崇敬鱷魚，為牠們戴上綠玻璃耳環，還餵牠們吃牛油和新鮮的鳥類；我們也和長得像狗的阿加松拜人、和擁有馬腳，跑得比馬還快的席班人有過激戰。商隊裡有三分之一的人死於戰鬥，三分之一的人因飢渴而死，剩下的人則試圖謀殺我，說我帶給他們厄運。我在岩石下翻出一條三角形的毒蛇，讓自己被咬。當那些人看到我沒事時，都心生畏懼。

到了第四個月，我們抵達依列爾城，抵達城外叢林時正值黑夜，空氣很悶熱，是個沒有月亮的夜晚。我們從樹上摘下成熟的石榴，切開來啜飲甜汁，然後躺在毛氈上靜待天亮。

天一亮，我們起身敲擊那扇以紅銅鑄造、雕著海龍與飛龍的城門。衛兵從城垛探頭詢問我們的來意，商隊的翻譯員回答說，我們遠從敘利亞島帶著許多商品前來。他們帶走了一些人作為人質，並告訴我們說城門會在中午開，要我們耐心等待。

中午時分，城門打開。當我們進城時，人們爭相從房子裡出來看我們，還有人吹著海螺通告全城。我們站在市場中，奴隸們解開綑布，打開了雕花的楓木箱，等到他們忙完，商人們便將各種稀奇的商品擺出來，有埃及的上蠟亞麻、衣索比亞的花布，泰爾城的紫海綿，以及西頓（註：Sidon，瀕臨地中海；今為黎巴嫩西南部之沙伊達（ Saida ）港）的藍色帷幔，另外還有冰涼的琥珀杯子、頂級的玻璃花瓶和陶器。屋頂上有幾個婦人在盯著我們，其中一個還戴著鍍金的面罩。

當天就有神父和我們交易，第二天就有貴族前來，第三天則是工人與奴隸。這是當地的風俗，所有停留的商隊都得照做。

我們停留了一個月，月缺時我在城中的大街上漫無目的地走著。走到神殿的花園時，看到僧侶們身著黃袍，無聲地穿越花園。黑色大理石鋪成的道路上矗立著一座寺廟，用來供奉他們的神祇。寺門是用金粉漆成，門上有公牛和孔雀的浮雕圖案；屋頂上鋪著碧綠瓷瓦，屋簷上還垂掛小鈴鐺做為裝飾，每當白鴿振翅飛過，小鈴鐺也隨之叮噹作響。

神殿前有一座瑪瑙砌成的潔淨水池，我在池邊躺下，用蒼白的手指觸摸寬大的葉子。一位僧侶向我走來，站在我的身後，他穿著草鞋，其中一腳墊著軟蛇皮，另一腳則墊著鳥羽，頭上戴繪有新月

圖案的黑絨帽，他身上的長袍繡有七道黃色條紋，鬢髮上沾有些許銻粉。

過了一會兒，他開口問我想要什麼。

我告訴他我希望能見到神。

『神在打獵。』僧侶用怪異的眼神斜視著我。

『告訴我是哪座森林，我要和祂一起騎馬。』我回答。

他伸出細長的指甲梳理長袍上的流蘇，喃喃說道：『神在睡覺。』

『告訴我是哪一張床，我要去守候祂。』我回答。

『其實神正在參加宴會。』他大叫。

『如果酒是甘美的，我要與祂共飲；如果酒是苦澀的，我依然願意與祂共飲。』我回答。

他低下頭思考，牽著我的手，扶起我，領我進入神殿。

在第一個房間裡，我見到一尊偶像坐在鑲有東方珍珠的寶座上。那尊偶像是用黑檀木雕成，與真人同大；前額嵌著紅寶石，濃厚的油脂從頭髮滴下來，流到大腿上；雙腳染著羔羊的鮮血，腰際繫著鑲有七顆綠寶石的銅皮帶。

我對僧侶說：『這就是神嗎？』

他回答我說：『這就是神。』

『告訴我神在哪裡！』我大叫：『不然我殺了你。』我一摸到他的手，他的手立刻萎縮。

僧侶抓住我說：『請主人治好我吧！我會讓你知道神在哪裡。』

所以我往他手上輕吹一口氣，他的手就復原了。他顫抖地帶我走進第二間房間，裡面有一尊象牙雕成的偶像坐在蓮花狀的玉石上，底下懸掛著翡翠，體積比真人大上兩倍。它的額頭上鑲有翠玉，胸前則塗滿了肉桂粉末與末藥，一隻手拿著彎曲的綠玉杖，另一手握著圓水晶，雙腳穿著黃銅短靴，脖子上則圍著一圈石膏。

我問僧侶：『這是神嗎？』

他回答：『這就是神。』

『讓我看真的神。』我叫著：『不然我殺了你。』我一摸他的眼睛，他就瞎了。

僧侶哀求我說：『請主人治好我吧！我會讓你看神在哪裡。』

我對他的眼睛吹了一口氣，他的視力隨即恢復。他顫抖地帶我進入第三個房間，這裡面並沒有偶像，就連畫像也沒有，只有一面金屬鏡子擺在石壇上。

我問僧侶：『神呢？』

他回答：『沒有神，這裡只有你看見的這面智慧之鏡，它能映照出宇宙間的一切事物，卻不會映照出照鏡子的人，所以照鏡子的

人可以得到智慧。世上有無數鏡子，但它們只能提供意見，只有這一面才是智慧鏡，誰擁有它就會無所不知，失去了它就會和智慧絕緣。所以，它是神，我們崇拜它。』

聽了僧侶的話，我望向鏡子，真的如僧侶所說。我做了一件怪事，就是將那面鏡子藏在一天路程之遙的地方。我請求你准許我回到你的身體，為你效命吧！那麼智慧就屬於你，你將比任何人更聰明，讓我進入你的身體吧！」

年輕漁人笑著說：「愛情比智慧更好，而且小美人魚愛我。」

「不！世界上沒有東西比智慧好。」靈魂說。

「愛情才好！」年輕漁人說完又跳入深海，靈魂則哭著穿越沼澤。

第二年，靈魂又回到海邊，呼喚年輕漁人，漁人從水中冒出來，問道：「你叫我做什麼？」

靈魂回答：「靠近我一些，我有話對你說，因為我見到了神奇的事。」

於是年輕漁人靠近了些，靠著岸邊，用手托住下巴，靜靜聆聽。

靈魂對他說：「離開你之後，我朝南方旅遊，因為所有的珍奇寶物都來自於南方。我旅行了六天，沿著朝聖者走過的塵土飛揚的大道，終於抵達艾斯特城。第七天早上，我睜開雙眼，突然發現那座城就在我腳下，原來它在山谷中間。

這座城共有九道城門，每道城門前佇立著一匹青銅馬，每當貝都因人從山上下來時，這些馬就會嘶嘶鳴叫。城牆是以銅鐵鑄造而成，瞭望塔上則有黃銅頂覆蓋，每座塔上站著弓箭手，他手中拿著弓箭，每當太陽升起，就向銅鑼射箭發出聲響；等到太陽下山，就吹響號角。

我想進城，守衛卻阻止我，並問我是誰。我回答說我是回教徒，正要前往麥加，因為那裡有一張綠色帷幔，上面有天使用銀線繡成的《可蘭經》。

他們聽了驚訝不已，便准許我進城。

那裡就像一個大市集，你真該和我同行。一盞盞紙燈籠有如巨大的蝴蝶般，在狹窄的街道上振翅，每當微風掠過屋頂，燈籠也隨之上下擺盪，有如七彩泡泡。商人們坐在自己攤位前面的絲質地毯上，他們蓄著黑色的長鬍子，頭巾上有金飾，手裡撥弄著以琥珀和精雕核桃殼製成的串珠。其中有些商人販賣楓香、甘松香或是印度洋群島的稀奇香水，另外也有濃烈的紅玫瑰香油，末藥以及丁香。如果你駐足和他們交談，他們會搓一些乳香投進炭火爐中，讓空氣中瀰漫著芳香。

我還見過一個敘利亞人，他手裡握著蘆葦般的細管子，尾端燃起裊裊輕煙，散發出春天杏花的芳香。還有些商人販售鑲有湛藍土耳其寶石的銀手鐲，以及用銅線串上珍珠的腳鍊，另外也有鑲金的虎爪和貓爪，還有各種翡翠耳環和戒指。茶館裡傳來吉他的聲音，抽鴉片的人帶著蒼白的笑容，向外望著來往的人群。

事實上你應該和我同行。酒商們扛著黑色皮簍在人群中推擠穿梭。他們大部分賣的是像蜂蜜般甜美的希來茲酒，他們用金屬杯子斟酒，並灑上玫瑰葉兜售。市集裡還有販賣各式各樣水果的小販，包括熟得泛紅紫色的無花果，麝香氣味的甜瓜，翠玉一般的佛手柑、番石榴，圓潤的葡萄和金紅橘子，以及橢圓的黃檸檬。

有一天，我見到一隻大象走過，牠的身上塗滿朱砂和薑黃，耳朵上繫著紅網子。牠在一個攤位前駐足並吃起橘子，攤販卻滿臉笑容而不以為意。你無法想像這些人是多麼奇特，他們高興時，會去鳥販那裡買一籠子的鳥，隨興放掉牠們；傷心時，會用荊棘抽打自己，讓自己更悲傷。

一天晚上，我遇見一些黑人抬著沈重的轎子走過市集，那座轎子是用鍍金的竹子製成，紅漆轎桿上有黃銅孔雀做為裝飾。窗上的薄紗幔綴滿了瓢蟲的翅膀以及珍珠，轎內有位臉色蒼白的索卡西亞婦人探出頭來對我微笑。我跟在他們後面，黑奴們生氣皺眉，快步向前。強烈的好奇心讓我跟著他們。

最後，他們停在一幢方正的白房子前面，屋裡沒有窗戶，只有一扇洞口般的小門，就像墓穴入口一樣。他們放下轎子，用銅錘敲了門三下，一個身穿綠袍的亞美尼亞人從門口向外張望，一見到是他們，便連忙開門，並立刻鋪上地毯。那位婦人在進門時又對我笑，我從未見過這麼蒼白的人。

月亮出來時，我又回到原處去尋找那棟屋子，卻遍尋不著。我頓時領悟到那個婦女是誰，以及她為何對我微笑。

你真該與我同行，到了新月節，年輕的皇帝會從宮殿步行至寺廟祈禱，他的頭髮及鬍鬚都沾上玫瑰色，臉頰撲上細緻的金粉，腳底和手心則用番紅花染成金黃色。

日出時，他身穿銀袍離開宮殿；日落時，則穿上金袍回宮。人們跪地低頭參拜，但我不想這麼做，只站在賣棗子的攤位旁等待，皇帝看見我不向他跪拜時，他眉頭一揚，停下腳步。人們對我的無禮感到震驚，我不予理會，逕自走向販賣異教神像的商人，和他們坐在一起，這些人的職業在城中一向是被鄙視的，當我告訴他們我的行為時，他們每個人都遞給我一尊神像，並拜託我離他們遠一點。

那天晚上，我獨自躺在石榴街茶館的墊子上，皇帝的侍衛忽然闖進來，將我帶到皇宮。我進去之後，身後的一扇扇宮門也相繼關上，並且上鎖。宮裡有一個大院子，它的四面環繞著拱廊，雪花石膏砌的牆壁上裝飾著藍色磁磚，柱子由綠色大理石製成，步道上鋪設著桃紅色花崗岩，我從未看過這樣的景觀。

我經過院子時，兩個蒙上面紗的婦女從陽台往下看，還詛咒我。侍衛加快速度，長矛在地板上刮起聲響。他們打開了一扇雕工精細的象牙門，我發現自己來到一座擁有七個花壇和噴水池的花園。園中遍植鬱金香和夕顏花，以及銀斑蘆薈。一道有如水晶柱的噴泉在灰暗的空中竄起，柏樹有如燒乾的火炬，還傳來夜鶯的鳴唱。

花園的盡頭有座小亭子，我們走近時，兩名太監出來迎接我們，他們肥胖的身軀走起路來顫顫巍巍的，還不時用黃皮眼睛好奇地看著我，其中一人把侍衛長支開，對他低聲耳語，另一人則從淺紫色橢圓的琺瑯盒子中，取出菸草嚼食。

　　過了一會兒，侍衛長遣走士兵，命令他們回宮，太監也慢慢地跟在後面，他們邊走邊採食桑椹，年齡較長的那名太監還回頭對我詭異地微笑。

　　侍衛長示意我走入亭子，我毫不畏懼地走上前，掀開厚重的簾子，走了進去。

　　皇帝正躺在亭子裡的彩染獅皮椅上，一隻白隼站在他的手腕上，他的身後則站著一個頭戴銅帽的努比亞人，那個人上半身赤裸，耳垂上掛著沈甸甸的耳環。椅子旁邊的茶几上，擺著一把鋼鐵製成的大彎刀。

　　皇帝一看到我就皺眉問道：『你叫什麼名字？你知不知道我是這座城的皇帝？』但是我沒有回答他。

　　他用手指著那彎刀，努比亞人將刀取來，衝向我，對著我的身體猛砍，刀鋒劃過我的身軀，我卻毫髮無傷。努比亞人撲倒在地，當他站起來時，嚇得渾身顫抖，並且躲到椅子後面去。

　　皇帝站起來，從武器架上拿了一枝長矛丟向我，我在它飛過來時接住了，並將它折成兩半；他連忙取來弓箭射我，我又在半空中接住了。接著他又從白色皮帶中取出短劍，刺向努比亞人的喉頭，唯恐自己那些丟臉的事被傳開。努比亞人像被踐踏的蛇一樣抽搐著，血紅的泡沫從他口中冒出來。

　　努比亞人一死，皇帝便轉向我，用鑲著花邊的紫色絹帕擦拭額上的汗水，問道：『你是一個我無法傷害的先知嗎？抑或是先知之

子？請你今晚離開本城，因為你若存在，我就不再是城裡的王了。』

我回答他：『我要你一半的財富，只要你給我，我立刻就走。』

他拉起我的手，帶我到花園去。侍衛長看到我時很訝異，太監們看到我也全身顫抖，害怕地摔倒了。

宮裡有一個八面牆的房間，這八面牆由紅色斑岩砌成，另外還有銅質天花板，上面懸掛著弔燈。皇帝摸了其中一面牆，牆便應聲而開，我們走過火炬通明的長廊，兩側盡是壁龕，一直延伸到盡頭，壁龕上都擺著大酒瓶，裡面裝滿銀幣。我們走到長廊中央時，皇帝說了一句別人聽不懂的話，一道花崗岩大門赫然彈開，國王用手遮住眼睛，避免光線刺眼。

你無法相信這地方多麼迷人。巨大的烏龜殼裡裝滿珍珠，中空的大月石內堆滿紅寶石，象皮箱裡滿是黃金；皮囊酒罐裡裝滿金粉，水晶杯裡堆滿了貓眼石，翡翠杯裡則是滿滿的藍寶石；圓形綠翡翠排列在象牙盤裡，角落的絲袋裡裝滿了綠松石和綠柱玉，象牙角杯中盛滿紫玉英，黃銅角杯裡則堆滿紅白玉髓；杉木梁柱上掛著一串串的黃山貓石，扁圓的盾牌上鑲著酒紅色的紅玉。我所講的這些，還不到全部寶物的十分之一。

皇帝將手從臉上移開，對我說：『這是我所有的財物，如我先前答應的，裡面的一半將屬於你，我還會給你一支駱駝騎兵隊，他們會聽從你的差遣，將你的財富運到你想去的任何地方。這件事今晚就要完成，因為我不想被我的父親太陽神發現，這座城裡有人是我殺不死的。』

但是我回答他：『這裡的黃金和白銀都是你的，所有的奇珍異寶也都是你的，這些東西我通通不要，也不打算帶走，我只要你手指上的那枚小戒指。』

皇帝皺眉了，他叫著說：『這不過是一枚鉛製的戒指，沒有任何價值。你還是帶走我要分給你的一半財物離開吧！』

『不！』我回答：『我除了這枚戒指，什麼也不拿，因為我知道在那裡面寫了什麼，也知道它有何意義。』

皇帝顫抖地說：『拿走你應得的財產，離開我的國度吧！我的那一半也給你。』

然後，我做了一件奇怪的事，我將那枚戒指從這座城運到一個一天路程遠的山洞裡，眼看它就要屬於我了，一旦戴上它，我就會比全世界的國王更富有。來吧，戴上它吧！你就是最富有的人了。」

但是年輕漁人微微一笑，「愛情比財富偉大，」他大聲說道：「而且小美人魚愛我。」

「不，沒有東西比財富更偉大。」靈魂說。

「愛情才偉大。」年輕漁人說完，潛入水底。靈魂又哭著穿越沼澤離開。

到了第三年，靈魂又來到海邊，叫喚年輕漁人，他只得浮上水面，問道：「你叫我做什麼？」

靈魂回答：「靠近些，我才好和你說話，因為我看到了美好的事。」

於是年輕漁夫靠過來，倚在岸邊，以手支著頭。

靈魂對他說：「有座城市裡，河邊有一個小酒店，我和水手們坐在那邊，喝著有兩種顏色的葡萄酒，吃著大麥麵包，以及放在月桂葉中的醋醃小鹹魚。當我們開懷暢飲時，突然來了一個老人，他的肩上披著毛毯，手裡抱著琵琶，他將毛毯鋪在地上，坐下來開始彈琴；一個蒙著面紗的女孩跑進來，在我們面前曼妙起舞。她光著腳，在地毯上如白鴿般輕巧地舞動，我從沒見過那麼動人的景象，她跳舞的那座城市距離這裡只要一天的路程。」

年輕漁人聽到靈魂說的話，想起小美人魚沒有腳，也無法跳舞。一股欲望油然升起，他喃喃自語說：「只不過是一天的行程，我很快就可以回到愛人的身邊了。」他在淺水中站起來，大步邁向海岸。

他走到乾燥的岸上，微笑地用雙手迎向靈魂。靈魂欣喜地奔向他，進入了他的軀殼，年輕漁人看到自己的影子，那就是靈魂。

靈魂對他說：「我們不要停留，趕快出發，因為海神很會嫉妒，而且妖魔都會聽他的命令。」於是他們披星戴月，連夜趕路。第二天則頂著烈日不停地走著，到了晚上，終於來到一座城市。

年輕漁人對靈魂說：「這就是你說的那座城嗎？那位女孩是在這裡跳舞的嗎？」

靈魂回答他：「不是。不用管那麼多了，我們進去吧！」

他們進城，經過了有珠寶商店的街道，年輕漁人看到攤子上有一個耀眼的銀杯。

靈魂對他說：「把銀杯帶走，藏起來。」

年輕漁人偷走了銀杯，藏進長袍中，他們急忙地出城。

他們離城走了大約一里格遠的路（註：league，長度單位，一里格約三英里），年輕漁人皺著眉頭丟掉銀杯，不滿地對靈魂說：「你為什麼要叫我帶走銀杯，還把它藏起來？這可是件壞事！」

但是靈魂回答他：「你冷靜點，冷靜點。」

第二天傍晚，他們又來到另一座城市。

年輕漁人問靈魂：「這就是你說的那座城市嗎？那位女孩是在這裡跳舞的嗎？」

靈魂回答：「不是，是另一個城市。但是我們還是進去吧！」

他們進了城，走過大街小巷，然後在草鞋店駐足。年輕漁人看到一個小孩站在水缸邊。

靈魂告訴他：「用力地打那個孩子。」

於是年輕漁人便將小孩打到哭，然後他們急忙離開了城市。

走了大約一里格遠的路，年輕漁人怒不可遏地對靈魂說：「你為什麼要我打那個孩子？這可是件壞事！」

靈魂回答他：「你冷靜點，冷靜點。」

第三天晚上，他們又來到另一座城市，年輕漁人問：「這是不是你說的有女孩跳舞的那個城市？」

靈魂說：「這可能就是了，我們進去吧！」

他們進了城，走過大街小巷，但是年輕漁人始終找不到靈魂說過的小河或河邊的小酒館。城中的人好奇地打量他，他驚懼地對靈魂說：「我們快走吧！那個有著白皙雙腳的跳舞女孩顯然不在這裡。」

但靈魂回答：「不，我們最好留下，因為夜深了，路上會有強盜。」

他們在市集裡坐下來休息，過了一陣子，一個戴頭巾、披著韃靼斗篷的商人，提著掛在蘆葦桿上的角型燈籠，向他們走來，然後問道：「你為什麼坐在市集裡？沒看到攤子都收了，貨品也打包起來了嗎？」

年輕漁人回答：「我在城中找不到旅店，也沒有親戚能供我住宿。」

「我們不就是一家人嗎？」商人說：「我們不都由同一位上帝所創造出來的嗎？請跟我來，我有一間客房。」

年輕漁人站起來，跟著商人回去，穿越石榴花園，進入一棟房子裡。商人用銅缽盛了玫瑰水給他洗手，還準備了熟瓜給他解渴，

145

並端來一碗飯和烤小羊排給他。

吃完之後，商人領他去客房，請他睡覺休息。年輕漁人向他道謝，親吻了商人手上的戒指，便躺在羊毛氈上，替自己蓋上黑羊毛被子之後睡著了。

夜色一片深沉，再三個小時就天亮了，靈魂叫醒他說：「起來，到那個商人的臥房，把他的黃金全拿走，我們需要那些金子。」

年輕漁人起身，慢慢走向商人的房間，商人腳邊有一把彎刀，身邊的盤子裡有九包黃金。漁人伸出手去拿刀時，商人被驚醒了，他跳起來抓起彎刀，並且對年輕漁人大吼：「你竟然以惡報德，想用殺戮來回報我對你的仁慈嗎？」

靈魂對漁人說：「打倒他！」於是漁人把商人打倒，然後帶走九包金子，隨即從石榴園逃走，朝著晨星的方向而去。

他們離城走了約莫一里格路，漁人搥胸頓足，對靈魂怒斥：「你為什麼命令我殺人還搶走他的金子？你太邪惡了！」

但是靈魂回答：「你冷靜點，冷靜點。」

「不！」年輕漁人回答：「我無法冷靜，你叫我做的每件事都讓我非常痛恨，我也恨你。告訴我，你為什麼要我做那些事？」

靈魂回答：「當你送走我時，連心都不給我，所以我學會了所有虧心事，而且樂此不疲。」

「你說什麼？」年輕漁人喃喃道。

「你心裡很清楚，」靈魂回答：「你應該再清楚不過了，難道你忘了你不曾給我一顆心嗎？想想看，你將不再憂懼。世上沒有無法掙脫的痛苦，也沒有留不住的快樂。」

年輕漁人聽到這些話，氣得全身顫抖，「不！你實在太邪惡了，你害我忘記了愛人，還引誘我走向罪惡。」

靈魂回答：「你沒忘記自己把我送走時沒給我一顆心吧？讓我們到另一座城市去享樂，我們有九包黃金呢！」

漁人把九包黃金丟在地上，狠狠地踩著。

「不！」他大叫：「我再也與你無關，也不要和你去任何地方了。我以前既然可以送走你，現在還是可以再送走你，因為你對我沒有任何好處。」於是他轉身背對月光，拿出綠蛇皮刀柄的小刀，開始要切掉腳邊的影子，準備要分開靈魂與身體。

但靈魂卻動也不動地待在原地，無視漁人的舉動，然後說：「那女巫教你的咒語已經失效了，所以我離不開你，你也趕不走我。一個人一生中只能送走靈魂一次，如果收回靈魂，就得一輩子和它在一起。這是他的懲罰，也是他的獎勵。」

年輕漁人面色轉白，握拳大嚷起來，「那個該死的假女巫，她沒告訴我這些！」

「不，」靈魂回答：「她對自己的主人忠心耿耿，願意終生為

主人效命。」

年輕漁人知道自己再也無法送走靈魂，而且這個邪惡的靈魂隨時會命令他做壞事時，他跌坐在地上悲痛地大哭。

天亮之後，他對靈魂說：「我會綁住自己的手，因為我不會再聽命於你；我還要閉上雙唇，不再說話；我將回到愛人的住處，即使是在大海裡，我也一定要去，回到她唱歌的小海灣，我會把自己和你一起做出的壞事通通告訴她。」

靈魂引誘他說：「誰是你的愛人呀？你要回哪裡去呀？這世界多的是比她更美的女子，薩瑪芮斯的舞孃能模仿鳥獸的姿態跳舞，她們的指甲染上鳳仙花汁，一邊跳舞一邊嬌笑，笑聲悅耳清脆。跟我來，我帶你去見她們，你何必擔心罪惡呢？難道人就不該盡情享用美食嗎？難道貪飲佳釀就形同喝毒藥？不要自尋煩惱了，跟我去另一座不遠處的小城，那裡有座鬱金香花園，園中有儀態萬千的雪白或靛藍的孔雀，牠們會張開翅膀，在陽光下看起來就像象牙和鍍金的瓷盤。負責餵食的女孩為了取悅牠們而手舞足蹈，她的雙眼明亮，鼻翼的輪廓有如燕翅，上面還鑲嵌著珍珠雕花的鼻環，她跳舞時腳踝上的銀鈴叮噹作響。別再煩惱了，隨我一同進城吧！」

年輕漁人緘默不語，用封條封住雙唇，並且以繩索綁住雙手，轉身朝著小美人魚平時唱歌所在的小海灣走去。不論靈魂如何引誘他，他都不加理會，也絕不做靈魂命令他做的事，在他心中的愛情力量真是偉大。

他來到海邊，鬆開手上的繩索，撕開嘴上的封條，呼喚著小美

人魚，但是一整天下來，卻得不到回應，也見不著她。

靈魂嘲笑他說：「顯然你從愛情裡得不到任何喜悅嘛！你就像一個即將渴死的人把水注入破瓶子裡，你放棄了一切，卻一無所獲，還不如跟著我，因為我知道哪裡可以找到快樂。」

但是年輕漁人不理會它說的話，他在一塊岩石的裂口，用藤條搭了一間屋子，並且在那裡住了一年。每天從早到晚呼喚著小美人魚，但是她從未浮出水面來見他。

不論靈魂用如何邪惡的想法去引誘他，或是在他耳邊訴說壞事，他都不為所動，愛情的力量真是偉大。

第一年過去了，靈魂心想：「我用種種邪念來誘惑主人都無法成功，可見他的愛情比我強大，現在我要用善意來引誘他，說不定他會被我打動。」

於是他對年輕漁人說：「我已告訴過你世上的歡樂，但是你卻充耳不聞，現在我要告訴你這世上的痛苦，或許你會想聽。事實上，痛苦主宰著世界上的一切，無人能夠逃離這張網。有人衣不蔽體，有人三餐不繼；有的寡婦身披紫袍，有的寡婦衣衫襤褸；痲瘋病人在沼澤地上徘徊，遭受殘酷的待遇；乞丐流落街頭，一貧如洗；饑荒橫行於街道，瘟疫盤據在城門。來，讓我們去改善這一切，讓人們不再受苦，你何必在此痴痴等待你的愛人回頭？反正她都不理你了。情為何物，值得你付出如此高的代價？」

漁人沒有回答，因為愛情的力量實在太偉大了。他每天從早到

晚呼喚著小美人魚，但她從未浮出水面來見他。他遍尋不著小美人魚，無論是在海中、河裡、礁石處，在暗夜的紫浪甚至清晨的海波之中，通通不見她的蹤影。

第二年過去了。一天晚上，他獨自坐在屋裡，靈魂對他說：「唉！我試圖用邪念和善意來打動你，但是你的愛比我強大，因此我不再引誘你了，但我求你讓我進入你的心中，就像過去合為一體的你我一樣。」

「你當然可以走進來，因為當你被放逐到世上時，一定因為沒有心而吃盡苦頭。」年輕漁人說。

「唉呀！」靈魂大叫：「我找不到入口，你的心被『愛』圍繞著。」

「我希望能夠幫你。」年輕漁人說。

當他說這話時，海底傳來哀悽的哭聲，聽得出是人魚死時發出的哀嚎。年輕漁人跳了起來，衝出屋外向海岸跑去。黑色的海浪快速衝向岸邊，翻騰的海面上隱約可見一個銀白物體，有如白花般隨著浪濤起伏，然後被沖上岸。年輕漁人看著躺在腳邊的這具銀白身軀——正是死去的小美人魚。

深受打擊的年輕漁人奔向小美人魚身邊，親吻她冰冷的紅唇，撫弄著她潮溼的琥珀色頭髮。他跪倒在她身邊，顫抖地將她失溫的軀體擁入懷中，淚如雨下。年輕漁人親吻著她那早已冰冷的雙唇，不忍移開。蜂蜜色的髮上滿是海鹽，但他帶著苦澀的喜悅一再品嚐，

親吻著她緊閉的雙眼，流下的眼淚甚至比海水還鹹。

他對著遺體懺悔，對她訴說自己的痛苦遭遇，他拉起美人魚的小手，環繞自己的脖子，用手指輕觸著她小巧的喉嚨，悲痛之感盈滿心頭。

深沉的海潮逼近，白色浪花發出瘋瘋病患呻吟般的聲響，浪濤的爪牙不斷攀附著海岸。哀嚎聲從海王的宮殿傳來，海神也吹起了號角。

「快逃呀！」靈魂說：「海浪靠近時，如果你還逗留，就會被奪走生命。快逃呀！我好害怕！你的心因為強烈的愛，而將我摒除在外。快逃到安全的地方去，你總不至於還沒給我心，就把我送到另一個世界吧？」

但是年輕漁人不聽靈魂的話，不斷地呼喚小美人魚。

「愛情比智慧偉大，也比財富珍貴，更比少女的雙腳美好，大火無法吞噬它，洪水也無法將它淹沒。我在清晨呼喚妳，妳不回應；月光聽見了我的呼喊，但是你依然不回應。我惡毒地離你而去，造成傷害，但是我們的愛是如此強烈，足以戰勝邪念和偽善。如今妳死了，我也將隨你而去。」

靈魂要求他離開，但他不願意，他的愛實在太強烈。海水逐漸湧上，就要將他吞沒了。年輕漁人知道這是結束的時候，他瘋狂地吻著小美人魚冰冷的雙唇，他的心澈底碎了。靈魂終於找到入口進去。現在他們總算合為一體，就像以前。然後，巨浪湧上，淹沒了

漁人。

早上,神父到海邊來祈求風平浪靜,隨行的有修士、樂師、助祭和一大群村人。當神父看到年輕漁人抱著小美人魚的遺體躺在沙灘上時,他皺起眉頭,向後退了幾步,在胸口畫上十字,並大聲叫道:「我不為大海和居住其中的生物祝禱,人魚是被詛咒的,和他們來往的人也不例外。這個人為了愛情而遠離上帝,所以他只能和他那個已被上帝定罪的情人躺在這裡。把他和他的情人埋在偏遠的富勒田野吧!不要為他們立碑或是標記,別讓任何人知道他們的安息之地,因為他們生前是被詛咒的,死後也依然被詛咒。」

人們按照神父的命令,將死者葬在富勒田野的不毛之地,他們隨便挖了一個坑,把兩人的遺體放進去。

第三年過去。受難日那天,牧師來到教堂,準備對人們訴說上帝的苦難和憤怒。

他穿上禮袍,看到祭壇上堆滿了前所未見的奇特花朵。這些花有種異樣的美,令神父感到心煩。但當它們的香甜氣味進入鼻腔時,神父卻感到一種莫名的喜悅。

他打開壁龕,在聖餐台前焚香,向人們展示聖餐餅,接著把東西收到帷幕後並開始講道,準備訴說上帝之怒,但是花朵的美麗讓他心煩,香氣也讓他分心,他突然說出了不同的字眼,不是上帝之怒,而是名為「愛」的上帝。他自己也不了解為什麼會說出這些。

他的演說讓人們都哭了,神父回到院子中,眼中也充滿淚水,

執事們為他卸下禮袍時，他依然神情恍然，有如在夢中。

執事們幫他拿走聖衣之後，他看著他們，問道：「祭壇上的是什麼花？從哪裡送來的？」

執事們回答：「我們也不知道是什麼花，只知道是從富勒田野的角落摘來的。」神父聽完吃了一驚，回到住處禱告。

天剛破曉時，神父與修士、樂師、助祭和一大群村人一起到海邊去，為大海和海中所有的生物祈禱。神父也為牧神和在樹林中跳舞的小東西祈禱。所有存在於上帝國度的一切生命，他都為之祈禱。人們心中充滿喜樂。然而，富勒田野的角落再也不開花了，野地再次變回不毛之地。人魚也不再到這座海灣去嬉戲，因為他們去了其他海域。

星星男孩：給瑪高·坦娜小姐

The Star-child :
To Miss Margot Tennant

然而，他的俊美卻讓他變成邪惡的人，因為他變得驕傲、殘酷而且自私。

Yet did his beauty work him evil. For he grew proud, and cruel, and selfish.

很久以前，有兩個貧困的樵夫，他們在寒冷的冬夜，穿過松樹林要回家。地面上堆滿了厚厚的白雪，枝頭也被冰霜壓得低低的，幾乎快要斷裂。他們來到多倫山時，山頂彷彿已被霜雪冰封起來。

天寒地凍，鳥獸們也不知道該如何是好。

「哇嗚……」野狼咆哮著，把尾巴夾在雙腿中間，從灌木叢中跑出來，「真是恐怖的天氣，為什麼老天爺不管一管呀？」

「啾、啾……」綠紅雀唱著：「衰老的地球已經死了，被披上了白色的壽衣。」

「地球快要結婚了，這是她的婚紗。」斑鳩互相耳語著。儘管牠們的粉紅小腳被凍僵了，但是牠們認為還是應該用浪漫的心情去看待世界。

「胡扯！」狼叫著：「我告訴你，這全都是老天爺的錯。如果你們不相信我，我就把你吃掉。」狼的想法一向非常實際，牠從不曾在爭論中挫敗。

「在我看來，」天生的哲學家啄木鳥說：「我不贊同這種理論式的解釋，如果一件事的事實如此，它也就是如此，就像現在，這種天氣實在是太冷了。」

天氣的確非常寒冷。住在高大杉樹裡的松鼠們，不停地摩蹭彼此的鼻子來取暖；兔子們窩在地洞裡，不願意冒險出去看看。唯一

喜歡這種天氣的似乎只有貓頭鷹，牠們的羽毛幾乎被凍僵了，但是牠們不介意，還轉動著黃色的大眼睛，在樹林中彼此叫喚著：「嗚咿、嗚咿、嗚咿，真是好天氣啊！」

兩個樵夫走著，一路上用力地對雙手呵氣，用他們的釘靴在冰凍的雪地上踩踏出一個個腳印。有一次，他們陷進很深的雪堆裡，爬出來時，看起來簡直就像磨坊主人剛從麵粉堆走出來那樣；還有一次，他們在堅硬光滑的沼澤冰面上滑倒了，柴堆散落一地，他們只好將柴薪撿起來重新綑好；另一回，他們以為迷路了，心裡非常恐懼，因為他們知道大雪對於任何落入它手中的人是不會留情的。但是他們對旅人守護者聖馬丁有無比的信心，於是循著原路，小心翼翼地走著，終於走出森林，看到山下的村落家園正閃爍著點點燈火。

他們因為獲救而激動地開懷大笑，在他們的眼裡，這時大地就像一朵銀色的花朵，月光則美如金色花朵。

但是大笑過後，他們卻感到傷心，因為他們又想起了自己的貧苦，其中一人對同伴說：「我們高興什麼呢？生命是有錢人的專屬品，而不是給我們這種人的，我們乾脆在森林裡凍死，或讓野獸吃掉算了。」

「說得對！」他的同伴回答：「有的人擁有太多，有的人卻一無所有，世上盡是不公不義之事，連悲傷也不會公正地對待每個人。」

就在他們為自己的貧苦悲慘而感到悲傷時，發生了一件怪事：

一顆明亮璀璨的星星，超越其他的星星，從空中掉落下來。兩個樵夫訝異地看著，星星掉在不遠的地方，似乎就在羊圈旁的柳樹叢後面。

「哇！那裡肯定有一大袋黃金！」他們大叫著向前跑去，渴望找到黃金。

其中一個人跑得比較快，超越了他的同伴，他拚命地穿過柳樹叢，跑到了另一頭。雪地上果真有一袋黃澄澄的東西，於是他飛快地跑過去，彎下身子去拿。那是一件金線織成的斗篷，層層包裹著，上面繡滿星星。他呼喊同伴，說他找到從天而降的寶物。同伴趕到時，他們就在雪中揭開那件層疊的斗篷，打算瓜分裡面的黃金。但是，唉！裡面沒有任何金銀財寶，只有一個熟睡的嬰兒。

其中一個樵夫說：「和我們期望的差太多了！我們的運氣真差，一個小孩對大人來說，有什麼用處？還是把他留在這裡，繼續趕路吧！我們都是窮人，也都有自己的孩子，實在沒有多餘的食物再分給另一個孩子了。」

但是他的同伴回答：「不，把孩子留在冰雪中等死實在太邪惡了，雖然我和你一樣窮，家裡也有很多張嘴嗷嗷待哺，鍋子裡的食物所剩無幾，但是我會把他帶回家，我太太會照顧他。」

於是他溫柔地抱起孩子，用斗篷包好以免他著涼，朝著山下的村落走去。他的同伴對他的愚昧和好心感到驚訝。

回到村裡，同伴對他說：「既然你得到這個孩子，那麼斗篷就

給我吧，這樣就扯平了。」

但是他回答：「不，這斗篷不是你的或我的，而是這孩子的。」他向同伴道別，走回自己的房子並敲門。

他的妻子開了門，看見丈夫安全到家時，張開手臂抱住他的脖子並親吻他，然後為他卸下背上的柴堆，要他進屋。

但是樵夫沒有進屋，他對妻子說：「我在樹林裡找到一樣東西，我把他帶了回來，要請妳照顧。」

「是什麼？」她大叫，「給我看！這屋子空蕩蕩的，需要很多東西。」

他掀開斗篷，讓妻子看熟睡的孩子。

「天呀！」她喃喃地說：「我們自己的孩子還不夠多嗎？你非要再帶一個回來嗎？而且，誰知道他會不會為我們帶來厄運？我們要拿什麼養他？」她對他生氣地嚷著。

「別這樣，他是星星的小孩呢！」他回答，並且告訴妻子是如何發現這孩子的。

然而妻子並沒有息怒，只是嘲諷他，還氣得大哭，「我們的孩子都快沒得吃了，哪裡還有辦法餵養這小孩？誰又會來照顧我們？誰會給我們食物？」

「不會的，上帝連小燕子都眷顧著，還會餵哺牠們。」他回答。

「小燕子在寒冬中難道不會餓死嗎？」她反問：「現在不就是冬天嗎？」樵夫啞口無言，只是站在門口不動。

一陣刺骨寒風從敞開的大門吹進，樵夫的妻子不禁打了個寒顫，對丈夫說道：「你不關門嗎？這麼強的風吹進來，快冷死人了。」

「屋裡有鐵石心腸的人，冷風難道不會進門嗎？」他問道，這次換妻子默然無語了，她只是慢慢走向火爐。

過了一陣子，她轉身望著他，眼裡充滿淚水。他隨即進屋，把孩子交到她手裡，她親吻了孩子，把孩子放在他們最小的孩子曾經睡過的小床。

第二天，樵夫將金色斗篷放進大箱子裡，妻子也將小嬰兒脖子上的琥珀鍊子一起收進箱子。

於是星星男孩就和樵夫的孩子們一同長大，和他們一起用餐，一道玩耍。他長得愈來愈好看，令每個村民都深感驚訝，因為其他小孩的膚色和頭髮都黑黝黝的，只有他的皮膚像象牙般白皙，一頭鬈髮有如黃水仙花花環，嘴唇像鮮紅的花瓣，眼睛彷若清澈小河邊的紫羅蘭，體型則有如田邊沒有遭到摧折的水仙一般完美。

然而，他的俊美卻讓他變成邪惡的人，因為他變得驕傲、殘酷而且自私。他瞧不起樵夫的孩子和村裡的其他孩子，說他們身分卑賤，只有自己才尊貴，因為他是星星所生的。他以主人自居，將所有孩子當作僕人來使喚。他從不憐憫窮人，對於盲人或殘疾者也毫不同情，甚至拿石頭丟他們，將他們趕到街上，要他們去別處乞討。

所以那些人都不會再回到村子裡，以免受到嘲弄。

他對於美有種近乎痴狂的愛戀，而對於弱者或殘疾者，則加以貶抑嘲諷，他只愛自己。在無風的夏日裡，他會靠在神父農場的井邊，看著水中倒影，並為自己的美貌而開懷大笑。

撫養他長大的樵夫夫婦常常問他：「我們並沒有像你對待那些可憐人那樣對你，為什麼你要對那些需要憐憫的人那麼殘酷呢？」

年邁的神父常常去找他，想教導他要愛世上的一切生命，並對他說：「蒼蠅也是你的兄弟，不要傷害牠們；鳥兒穿梭在樹林中，也有牠們應得的自由，你何苦以捕捉牠們為樂？上帝創造了蜥蜴和鼴鼠，每一種生物各有其所。你憑甚麼在上帝的世界裡帶來痛苦？即使是田裡的牛，也知道要讚美上帝。」

但是星星男孩不理會他的話，只是皺眉表達不屑，然後帶著同伴去玩耍。他的同伴都服從他，因為他不但長相俊美、動作敏捷，而且能歌善舞，又會用笛子吹出美妙的音樂。星星男孩無論帶領他們去哪裡，他們都會跟隨；無論星星男孩命令他們什麼，他們也都照做。當他削尖的蘆葦去戳鼴鼠的眼睛時，他們會跟著大笑；如果他向痲瘋病人丟石頭，他們也跟著笑。星星男孩支配這群孩子，而他們也像他一樣，逐漸變成了冷血的人。

有一天，村裡來了一個乞丐婆，她的衣著破爛，雙腳因走在碎石子路上而磨得流血，外表看起來十分憔悴。她因為太累，坐在一棵栗子樹下休息。

星星男孩一看到她，便對同伴說：「看，那棵漂亮的綠樹下，竟然坐著一個骯髒的乞丐婆。來，我們去趕走她，她真是醜得嚇人！」

於是，星星男孩靠近她，向她丟石子，並嘲弄她。乞丐婆神情驚懼地看著星星男孩，但是她的視線始終不曾從他身上移開。在附近劈柴的樵夫看到星星男孩的舉動之後，便衝上前來罵他：「你真是鐵石心腸呀！不懂得仁慈待人，這個可憐的婦人是做了什麼壞事，你要這樣對待她？」

星星男孩氣得漲紅了臉，跺腳說道：「你算什麼？又憑什麼質問我？我不是你兒子，不需要聽命於你。」

「你說得對。」樵夫回答：「當我在森林裡發現你時，不該起了仁慈之心。」

乞丐婆聽到這番話時，痛哭了起來，並且昏倒在地。樵夫把她帶回自己家中，請妻子照顧她，當她由昏迷中醒來時，他們給她食物和飲料，希望讓她舒服一點。

但是她不吃也不喝，只是對樵夫說：「這孩子是不是你在森林中找到的？是不是十年前的今天？」

樵夫回答：「是啊！我是在森林中找到他的，正好是十年前的今天。」

「那時你看到這孩子時，他身上有沒有什麼特徵？」她叫著：「他的脖子上有沒有一條琥珀項鍊？身上是不是裹著繡滿星星的金

色斗篷？」

「對呀！」樵夫說：「正如妳所說的。」他把斗篷和琥珀項鍊拿出來給乞丐婆看。

她一看到這兩樣東西，喜極而泣地說：「這是我在森林中遺落的小兒子啊！我求求你把他叫來，為了找他，我四處漂泊流浪。」

於是樵夫和妻子跑出去，叫回星星男孩，對他說：「進屋去，你會看到你的親生母親，她正在等你呢！」

星星男孩無比驚喜地跑進屋裡，但是當他看到是乞丐婆在那裡等他時，他輕蔑地大笑起來，「我媽在哪裡啊？我什麼也沒看到，只看到一個令人厭惡的乞丐婆。」

婦人回答他：「我就是你的母親。」

「妳瘋了才會這麼說！」星星男孩大叫起來，「我才不是妳的兒子，妳不過是一個乞丐，長得那麼醜，衣服又破破爛爛的。快點走開，我再也不要看到妳的髒臉！」

「不，你真的是我在森林裡生下，卻遺失的兒子啊！」她大哭著跪了下來，向他伸出手臂。「強盜偷走了你，然後任你自生自滅，但是我一見到你就認出來了，我也還記得你的特徵，而且還有金斗篷和琥珀項鍊作證。求你回到我身邊吧！我跑遍全世界尋找你，我的兒子，跟我來吧，我需要你的愛！」

但是星星男孩站在原地不動，也不肯敞開心房，於是屋子裡充

滿了婦人悲傷的哭泣聲。

最後，他開口說話了，但是語氣強硬冷酷，「如果妳真的是我的母親。那麼，妳最好離開我，不要再來這裡帶給我羞辱。因為我是星星的孩子，而不是乞丐婆的孩子。所以，妳快走吧，我不要再見到妳。」

「唉，我的兒子啊！」她嘆道：「我走之前，你不親吻我嗎？我吃盡苦頭只為了尋找你啊！」

「不，妳長得太難看了，我寧願親吻毒蛇或是蟾蜍，也不要親妳。」

婦人站起身來，哭泣地走入森林中。星星男孩一看到她離開，便高興地跑回去找同伴玩。

但是，當同伴們看到他過來時，卻嘲笑他說：「你為什麼像蟾蜍那麼難看？像毒蛇一樣那麼惹人厭呢？你快走吧，我們不要和你一起玩了。」他們將他趕出了花園。

星星男孩皺起眉頭對自己說：「他們為什麼這麼說我？我要去照照井水，它會告訴我我有多美。」

他走向井水，看到自己的倒影，啊！他的臉變得像蟾蜍一樣醜，身體也長滿了毒蛇的鱗片。他撲倒在草地上痛哭，對自己說：「我活該，這都是我的錯，因為我不肯親吻自己的母親，傲慢又殘酷地對待她，還把她趕走。現在，我要走遍全世界，直到找到她為止。」

樵夫和他的小女兒向他走來，把手放在他的肩上說：「失去了美貌有什麼關係？和我們在一起，我們不會嘲笑你的。」

星星男孩對她說：「不，我對自己的母親這麼殘酷，才會受到懲罰。我必須盡快離開，到全世界的各個角落找她，乞求她原諒我。」

他跑進森林裡呼喚，要他的母親回來，但是卻得不到任何回應。他就這樣叫喚了一整天，直到太陽下山，才躺在樹葉上睡覺。小鳥兒和小動物都避開他，因為牠們對於他的殘酷暴行還記憶猶新。只有蟾蜍看著他，毒蛇也緩慢地經過他身邊，否則他都是孤獨一人。

天一亮，星星男孩起身從樹上摘下幾顆青澀的漿果充飢，然後繼續趕路。他在森林裡邊走邊哭，沿途不論遇見誰，都會向他們打聽母親的下落。

他問鼴鼠：「你能鑽到地下，請告訴我，我的母親在哪裡？」

鼴鼠說：「你早就把我的眼睛弄瞎了，我怎麼會知道。」

他問紅雀：「你可以飛上最高的樹頂，看見全世界，請告訴我，你可曾看見我母親？」

紅雀說：「你在玩的時候把我的翅膀折斷了，我怎麼飛呀？」

他又問那隻孤獨地住在杉樹上的松鼠：「你有看到我的媽媽嗎？」

小松鼠說：「你已經殺了我的媽媽，你是不是也想殺死自己的媽媽？」

於是星星男孩哭了，低著頭，懇求上帝所創造的生物們原諒他。然後繼續穿過森林尋找乞丐婆。

到了第三天，他到達了森林的盡頭，走向平原。

當他走過村莊時，小孩子們都嘲笑他，還對他丟石頭；村民們也不允許他睡在穀倉，因為他們害怕他可能會為倉裡的穀物帶來黴菌；他長得太醜了，連穀倉的雇工也把他趕了出去，沒有一個人可憐他。

三年來，他走遍了全世界，卻始終打聽不到乞丐婆的下落。有時，他彷彿見到母親就在他眼前，他呼喚著她，跑向她，即便石子劃破他的腳，他還是不放棄。沿途被問到的路人都說沒見過她，或是樣子像她的人，他們甚至取笑他的悲傷。

在流浪的這三年當中，他得不到任何關愛，但這正是他當年自大驕傲所帶來的後果。

一天晚上，他來到河邊一座高牆環繞的城市，走到城門口時，他已疲憊不堪，雙腳疼痛。他想要進城，但是侍衛用長矛擋住他，粗暴地問：「你來做什麼？」

「我在找我的母親，」他回答：「請你們允許我進去，因為她可能就在城裡。」

但是，他們卻嘲笑他，其中一個衛兵還甩動他的黑鬍鬚，放下手中的盾牌大聲地說：「老實告訴你，如果你媽見到你這副比沼澤裡的蟾蜍、爛泥裡爬行的毒蛇還醜的模樣，她是不會想見你的。走吧，走吧！你媽不在這座城裡。」

另一個手執黃旗的衛兵對他說：「你媽是誰？你為何要找她？」

他回答：「我的母親和我一樣都是乞丐，我以前對她很壞。她可能正停留在這個城裡，說不定我能獲得她的原諒。求你讓我進去吧！」但是他們還是不讓他進去，並用長矛刺他。

當他哭著轉身離去時，一個身穿鑲金鎧甲，頭盔上有帶翼獅子的人走過來關切是誰要進城。他們回答：「是一個乞丐婆生的小乞丐，我們正要趕他走。」

「不，」他獰笑著說：「我們可以把這醜傢伙賣去當奴隸，他的身價相當於一碗甜酒呢！」

一個容貌醜陋的老人也走過來，嚷著：「那好，我就用這價錢買下他。」他付了錢，便拉著星星男孩的手，帶他入城。

進城後，他們經過了許多街道，來到一扇有石榴樹遮蔽的小門前，老人用一枚鑲著碧玉的戒指輕叩小門，門就開了。他們走下五階青銅階梯，來到一座開滿黑罌粟花的花園，裡面還擺了些綠陶甕。老人從頭巾裡取出一條絲巾，遮住星星男孩的眼睛，吩咐他走在前面，當絲巾從他的眼睛揭開時，星星男孩發現自己置身在一個地牢中，裡面只有一盞牛角燈籠微微發光。

　　老人用大盤子端來一些發霉的麵包，對他說：「吃吧！」然後又遞給他一杯鹽水要他喝下，等他吃完，老人才離開，並鎖上門、拴上鐵鍊。

　　第二天，這個老人，也是利比亞最厲害的一位法師——他曾向尼羅河墓穴中的法師學過法術——來到星星男孩的面前，皺著眉說：「在這個異教徒城的城門附近，有一座森林，裡面有三塊黃金，分別是白金、黃金和紅金。今天，你得去幫我拿回那塊白金，否則我會抽你一百下鞭子。現在快點去，太陽下山時，我會在花園的門邊等你。去幫我拿回那塊白金，因為你是我的奴隸，我可是花了一碗甜酒的價錢將你買來的。」

　　於是老人又用絲巾遮住星星男孩的眼睛，領他走出地牢，走上五階階梯。用他的戒指將門打開，把星星男孩帶到街上。

　　於是星星男孩出城去了，來到法師講的森林裡。

　　這座森林看起來很美，充滿了鳥語花香。星星男孩高興地走進去，但是美麗的森林並未善待他，無論他走到哪裡，都被遍地的荊棘包圍。

　　蕁麻和薊花刺痛了他。他從早上找到中午，中午找到黃昏，卻始終找不到法師說的白金。到了傍晚，他準備回去，此時的他淚流滿面，因為他知道他即將面臨什麼樣的命運。

　　但當他走出森林時，聽到樹叢中有一個痛苦的哭叫聲，他頓時忘了自己的哀傷，跑回森林，看到一隻野兔正在獵人設下的陷阱裡

掙扎。

星星男孩起了憐憫之心，釋放了牠，對牠說：「我雖然是個奴隸，但是我至少可以給你自由。」

野兔回答：「你的確給了我自由。我該給你什麼作為回報呢？」

星星男孩說：「我在找一塊白金，但是找了一天還是找不到，我如果沒有將它帶回去交給主人，就會被毒打。」

「跟我來，我知道它藏在哪裡，以及為什麼被藏在那裡，我會帶你找到它。」野兔說。

於是星星男孩跟隨著野兔，就在老橡樹樹幹的裂縫處，他看到了他在尋找的白金。他興奮極了，拿起白金對野兔說：「我對你做的不過是舉手之勞，你卻回報了這麼多倍。我對你的仁慈，你已經償還了上百倍。」

「不，」野兔說：「你如何對我，我就如何對你罷了。」牠飛快地跳開，星星男孩則走回城裡。

城門口坐著一個痲瘋病人，臉上蓋著一塊灰色的亞麻布巾，只露出火炭一般的雙眼。他見到星星男孩走來，便敲著手上的木碗，搖著鈴鐺喊道：「給我一點錢呀！不然我快餓死了。他們把我趕出城門，沒有人同情我。」

「唉！」星星男孩嘆道：「我的口袋裡只有一塊白金，如果我不把它帶回去交給我的主人，他會打我，因為我是他的奴隸。」

但是癩瘋病人一直哀求他，於是星星男孩起了憐憫之心，把整塊白金給了他。

當他回到法師家時，法師立刻開門，將他帶進去，問道：「你拿到白金了嗎？」

星星男孩回答：「沒有。」

法師將他推倒在地，並毒打一頓。丟下一個空木碗說：「你吃吧！」又給他一個空杯子說：「喝吧！」，然後把他關回地牢。

第二天，法師又來到他面前說：「如果你今天再沒有找到黃金，我就永遠把你當成奴隸，而且還要鞭打你三百下。」

於是，星星男孩走向森林，他找了整整一天，但還是沒有找到。到了夕陽下山，他開始哭泣，這時那隻被他救過的野兔又來了。

野兔問他：「你為什麼哭？你在樹林裡找什麼？」

星星男孩回答：「我在找一塊黃金，如果找不到，我的主人會打我，而且我得一輩子都當他的奴隸。」

「跟我來！」野兔說完便跑向森林的一處水池邊，池底恰好就有一塊黃金。

「我要如何感謝你？」星星男孩問：「啊！這是你第二次救我了。」

「別這麼說，是你先同情我的。」野兔說完又飛快地離開了。

星星男孩將黃金放入口袋，急忙回到城裡。但那個痲瘋病人看到他來，又跑到他身邊，哭著下跪，「給我一點錢，不然我會餓死。」

星星男孩說：「我口袋裡只有一塊黃金，如果我不將它帶回去交給主人，他會打我，而且還要我當一輩子的奴隸。」

但是痲瘋病人一再求他，星星男孩還是起了憐憫之心，將黃金送給他。

當他回到法師家時，法師立刻開了門，帶他進去，問道：「你找到黃金了嗎？」

星星男孩回答：「沒有。」於是法師將他推倒在地，毒打一頓，用鎖鍊鎖住他的手腳，然後關入地牢。

隔天早上，法師又到他面前說：「你去把紅金帶回來給我，我就放你走，否則我就殺了你。」

星星男孩又來到森林，一整天都在找紅金，卻還是找不到。到了傍晚，他坐下來悲傷低泣，然後，小野兔又出現了。

小野兔告訴他：「你要找的紅金就在你身後的洞穴裡，不要再哭了，開心一點。」

「我該如何回報你呢？」星星男孩喊著：「這是你第三次救我了。」

「別這麼說，是你先同情我的。」野兔說完，飛快地離去了。

星星男孩走進洞穴，在洞穴最深處找到了紅金，他把紅金放在口袋，跑回城裡。

痲瘋病人看到他來，便立刻站在路中央，大聲哭喊：「給我那個紅金，不然我就要死了。」

星星男孩再度生起同情心，將紅金送給痲瘋病人，說道：「你比我更需要它。」但是他的心情很沉重，因為他知道自己接下來會有什麼遭遇。

意外的是，當他經過城門時，守衛向他鞠躬致敬，並且大聲說道：「我們的國王長得多麼好看呀！」

一大群人也跟隨在他身後喊道：「沒錯，世上沒有比他更好看的人了。」

星星男孩哭了，喃喃自語著：「他們一定是在嘲笑我，取笑我的痛苦。」人們聚集得愈來愈多，他因而迷路，最後發現自己置身於一座巨大的廣場中，前面就是國王的宮殿。

宮殿敞開大門，神父和大臣們都出來迎接他，對他屈膝行禮，「你是我們等候多時的王子，也就是國王的兒子。」

星星男孩回道：「我不是國王的兒子，我只是一個窮乞丐婆的兒子，你們為什麼說我長得好看？我知道自己醜得可怕。」

接著，那個身穿鑲金鎧甲、頭盔上有獅子展翼的人，舉起盾牌高喊：「誰說我的主子醜？」

　　星星男孩看向盾牌，發現自己的臉又變回從前的樣子，他的美貌恢復了，而且眼神中流露著一種前所未見的神采。

　　神父和大臣跪下來對他說：「曾經有預言說，我們未來的統治者將在今天出現，所以，就請您接受王冠和權杖，以正義和仁慈來統治我們，做我們的國王吧！」

　　但是星星男孩回答：「我不配做你們的國王，因為我曾經否定了我的親生母親，除非找到她，獲得她的原諒，否則我不能停止追尋。所以，讓我走吧！我必須在這世上流浪，不能在此逗留，就算你們給了我王冠和權杖也一樣。」

　　說完，他轉過身，面向城門大街。

　　啊！在群眾和士兵之中，他看到了那個乞丐婆，也就是他的母親，她的身旁還站著那個坐在城門口的痲瘋病人。

　　他大聲歡呼，連忙跑了過去，親吻母親的腳，用淚水洗淨她的傷口。

　　他哭著說：「母親，我曾傲慢自大不肯認妳，現在我謙卑地跪在妳面前，求妳原諒；母親，我曾經怨恨過妳、拒絕過妳，現在，請接納妳的孩子吧！」但那個乞丐婆不發一語。

　　他伸出手，抓住那痲瘋病人蒼白的雙腳，對他說：「我曾經憐憫過你，請你勸我母親，讓她對我說說話吧！」但是這個痲瘋病人也不發一語。

他再次啜泣，說道：「母親呀！我再也無法忍受了，請您原諒我，讓我回到森林裡吧！」乞丐婆伸出手摸摸他的頭說道：「起來吧！」

那個痲瘋病人也伸手摸他的頭，對他說：「起來吧！」

星星男孩站起身來，望著他們。啊！他們竟是國王和皇后呀！

皇后對他說：「這是你曾經救助過的人，他就是你的父親。」

國王對他說：「這是你的母親，你曾以淚水為她洗滌雙腳。」

然後他們抱住他，並親吻他，將他帶進宮，為他穿上最高級的衣服，戴上王冠，將權杖交到他手中，讓他負責管轄那佇立在小河邊的城市，成為當地的元首。他以正義和仁慈來統治人民，並驅逐邪惡的法師。另外，他還送了許多珍寶禮物給樵夫夫婦，並重重封賞他們的子女。他不准人民殘害鳥獸，並倡導「愛」、「仁慈」與「憐憫」；他讓窮人有足夠的麵包可吃，讓衣衫襤褸者有衣服穿，這塊土地上充滿了和平與富足。

然而，他在位的時間並不長，因為他承受過太多的苦難和試煉。三年後，他便去世了，而繼位者卻是一個殘暴的君主。

附錄 I

精選英文原文

The Happy Prince

My courtiers called me the Happy Prince, and happy indeed I was, if pleasure be happiness. So I lived, and so I died.

High above the city, on a tall column, stood the statue of the Happy Prince. He was gilded all over with thin leaves of fine gold, for eyes he had two bright sapphires, and a large red ruby glowed on his sword-hilt.

He was very much admired indeed. "He is as beautiful as a weathercock," remarked one of the Town Councillors who wished to gain a reputation for having artistic tastes; "only not quite so useful," he added, fearing lest people should think him unpractical, which he really was not.

"Why can't you be like the Happy Prince?" asked a sensible mother of her little boy who was crying for the moon. "The Happy Prince never dreams of crying for anything."

"I am glad there is some one in the world who is quite happy," muttered a disappointed man as he gazed at the wonderful statue.

"He looks just like an angel," said the Charity Children as they came out of the cathedral in their bright scarlet cloaks and their clean white pinafores.

"How do you know?" said the Mathematical Master, "you have never seen one."

"Ah! but we have, in our dreams," answered the children; and the Mathematical Master frowned and looked very severe, for he did not approve of children dreaming.

One night there flew over the city a little Swallow. His friends had gone away to Egypt six weeks before, but he had stayed behind, for he was in love with the most beautiful Reed. He had met her early in the spring as he was flying down the river after a big yellow moth, and had been so attracted by her slender waist that he had stopped to talk to her.

"Shall I love you?" said the Swallow, who liked to come to the point at once, and the Reed made him a low bow. So he flew round and round her, touching the water with his wings, and making silver ripples. This was his courtship, and it lasted all through the summer.

"It is a ridiculous attachment," twittered the other Swallows; "she has no money, and far too many relations"; and indeed the river was quite full of Reeds. Then, when the autumn came they all flew away.

After they had gone he felt lonely, and began to tire of his lady-love. "She has no conversation," he said, "and I am afraid that she is a coquette, for she is always flirting with the wind." And certainly, whenever the wind blew, the Reed made the most graceful curtseys. "I admit that she is domestic," he continued, "but I love travelling, and my wife, consequently, should love travelling also."

"Will you come away with me?" he said finally to her; but the Reed shook her head, she was so attached to her home.

"You have been trifling with me," he cried. "I am off to the Pyramids. Good-bye!" and he flew away.

All day long he flew, and at night-time he arrived at the city. "Where shall I put up?" he said; "I hope the town has made preparations."

Then he saw the statue on the tall column.

"I will put up there," he cried; "it is a fine position, with plenty of fresh air." So he alighted just between the feet of the Happy Prince.

"I have a golden bedroom," he said softly to himself as he looked round, and he prepared to go to sleep; but just as he was putting his head under his wing a large drop of water fell on him. "What a curious thing!" he cried; "there is not a single cloud in the sky, the stars are quite clear and bright, and yet it is raining. The climate in the north of Europe is really dreadful. The Reed used to like the rain, but that was merely her selfishness."

Then another drop fell.

"What is the use of a statue if it cannot keep the rain off?" he said; "I must look for a good chimney-pot," and he determined to fly away.

But before he had opened his wings, a third drop fell, and he looked up, and saw—Ah! what did he see?

The eyes of the Happy Prince were filled with tears, and tears were running down his golden cheeks. His face was so beautiful in the moonlight that the little Swallow was filled with pity.

"Who are you?" he said.

"I am the Happy Prince."

"Why are you weeping then?" asked the Swallow; "you have quite drenched me."

"When I was alive and had a human heart," answered the statue, "I did not know what tears were, for I lived in the Palace of Sans-Souci, where sorrow is not allowed to enter. In the daytime I played with my companions in the garden, and in the evening I led the dance in the Great Hall. Round the garden ran a very lofty wall, but I never cared to ask what lay beyond it, everything about me was so beautiful. My courtiers called me the Happy Prince, and happy indeed I was, if pleasure be happiness. So I lived, and so I died. And now that I am dead they have set me up here so high that I can see all the ugliness and all the misery of my city, and though my heart is made of lead yet I cannot chose but weep."

"What! is he not solid gold?" said the Swallow to himself. He was too polite to make any personal remarks out loud.

"Far away," continued the statue in a low musical voice, "far away in a little street there is a poor house. One of the windows is open, and through it I can see a woman seated at a table. Her face is thin and worn, and she has coarse, red hands, all pricked by the needle, for she is a seamstress. She is embroidering passion-flowers on a satin gown for the loveliest of the Queen's maids-of-honour to wear at the next Court-ball. In a bed in the corner of the room her little boy is lying ill. He has a fever, and is asking for oranges. His mother has nothing to give him but river water, so he is crying. Swallow, Swallow, little Swallow, will you not bring her the ruby out of my sword-hilt? My feet are fastened to this pedestal and I cannot move."

"I am waited for in Egypt," said the Swallow. "My friends are flying up and down the Nile, and talking to the large lotus-flowers. Soon they will go to sleep in the tomb of the great King. The King is there himself in his painted coffin. He is wrapped in yellow linen, and embalmed with spices. Round his neck is a chain of pale green jade, and his hands are like withered leaves."

"Swallow, Swallow, little Swallow," said the Prince, "will you not stay with me for one night, and be my messenger? The boy is so thirsty, and the mother so sad."

"I don't think I like boys," answered the Swallow. "Last summer, when I was staying on the river, there were two rude boys, the miller's sons, who were always throwing stones at me. They never hit me, of course; we swallows fly far too well for that, and besides, I come of a family famous for its agility; but still, it was a mark of disrespect."

But the Happy Prince looked so sad that the little Swallow was sorry. "It is very cold here," he said; "but I will stay with you for one night, and be your messenger."

"Thank you, little Swallow," said the Prince.

So the Swallow picked out the great ruby from the Prince's sword, and flew away with it in his beak over the roofs of the town.

He passed by the cathedral tower, where the white marble angels were sculptured. He passed by the palace and heard the sound of dancing. A beautiful girl came out on the balcony with her lover. "How wonderful the stars are," he said to her, "and how wonderful is the power of love!"

"I hope my dress will be ready in time for the State-ball," she answered; "I have ordered passion-flowers to be embroidered on it; but the seamstresses are so lazy."

He passed over the river, and saw the lanterns hanging to the masts of the ships. He passed over the Ghetto, and saw the old Jews bargaining with each other, and weighing out money in copper scales. At last he came to the poor house and looked in. The boy was tossing feverishly on his bed, and the mother had fallen asleep, she was so tired. In he hopped, and laid the great ruby on the table beside the woman's thimble. Then he flew gently round the bed, fanning the boy's forehead with his wings. "How cool I feel," said the boy, "I must be getting better"; and he sank into a delicious slumber.

Then the Swallow flew back to the Happy Prince, and told him what he had done. "It is curious," he remarked, "but I feel quite warm now, although it is so cold."

"That is because you have done a good action," said the Prince. And the little Swallow began to think, and then he fell asleep. Thinking always made him sleepy.

When day broke he flew down to the river and had a bath. "What a remarkable phenomenon," said the Professor of Ornithology as he was passing over the bridge. "A swallow in winter!" And he wrote a long letter about it to the local newspaper. Every one quoted it, it was full of so many words that they could not understand.

"To-night I go to Egypt," said the Swallow, and he was in high spirits at the prospect. He visited all the public monuments, and sat a long time on top of the church steeple. Wherever he went the Sparrows chirruped, and said to each other, "What a distinguished stranger!" so he enjoyed himself very much.

When the moon rose he flew back to the Happy Prince. "Have you any commissions for Egypt?" he cried; "I am just starting."

"Swallow, Swallow, little Swallow," said the Prince, "will you not stay with me one night longer?"

"I am waited for in Egypt," answered the Swallow. "To-morrow my friends will fly up to the Second Cataract. The river-horse couches there among the bulrushes, and on a great granite throne sits the God Memnon. All night long he watches the stars, and when the morning star shines he utters one cry of joy, and then he is silent. At noon the yellow lions come down to the water's edge to drink. They have eyes like green beryls, and their roar is louder than the roar of the cataract."

"Swallow, Swallow, little Swallow," said the Prince, "far away across the city I see a young man in a garret. He is leaning over a desk covered with papers, and in a tumbler by his side there is a bunch of withered violets. His hair is brown and crisp, and his lips are red as a pomegranate, and he has large and dreamy eyes. He is trying to finish a play for the Director of the Theatre, but he is too cold to write any more. There is no fire in the grate, and hunger has made him faint."

"I will wait with you one night longer," said the Swallow, who really had a good heart. "Shall I take him another ruby?"

"Alas! I have no ruby now," said the Prince; "my eyes are all that I have left. They are made of rare sapphires, which were brought out of India a thousand years ago. Pluck out one of them and take it to him. He will sell it to the jeweller, and buy food and firewood, and finish his play."

"Dear Prince," said the Swallow, "I cannot do that"; and he began to weep.

"Swallow, Swallow, little Swallow," said the Prince, "do as I command you."

So the Swallow plucked out the Prince's eye, and flew away to the student's garret. It was easy enough to get in, as there was a hole in the roof. Through this he darted, and came into the room. The young man had his head buried in his hands, so he did not hear the flutter of the bird's wings, and when he looked up he found the beautiful sapphire lying on the withered violets.

"I am beginning to be appreciated," he cried; "this is from some great admirer. Now I can finish my play," and he looked quite happy.

The next day the Swallow flew down to the harbour. He sat on the mast of a large vessel and watched the sailors hauling big chests out of the hold with ropes. "Heave a-hoy!" they shouted as each chest came up. "I am going to Egypt"! cried the Swallow, but nobody minded, and when the moon rose he flew back to the Happy Prince.

"I am come to bid you good-bye," he cried.

"Swallow, Swallow, little Swallow," said the Prince, "will you not stay with me one night longer?"

"It is winter," answered the Swallow, "and the chill snow will soon be here. In Egypt the sun is warm on the green palm-trees, and the crocodiles lie in the mud and look lazily about them. My companions are building a nest in the Temple of Baalbec, and the pink and white doves are watching them, and cooing to each other. Dear Prince, I must leave you, but I will never forget you, and next spring I will bring you back two beautiful jewels in place of those you have given away. The ruby shall be redder than a red rose, and the sapphire shall be as blue as the great sea."

"In the square below," said the Happy Prince, "there stands a little match-girl. She has let her matches fall in the gutter, and they are all spoiled. Her father will beat her if she does not bring home some money, and she is crying. She has no shoes or stockings, and her little head is bare. Pluck out my other eye, and give it to her, and her father will not beat her."

"I will stay with you one night longer," said the Swallow, "but I cannot pluck out your eye. You would be quite blind then."

"Swallow, Swallow, little Swallow," said the Prince, "do as I command you."

So he plucked out the Prince's other eye, and darted down with it. He swooped past the match-girl, and slipped the jewel into the palm of her hand. "What a lovely bit of glass," cried the little girl; and she ran home, laughing.

Then the Swallow came back to the Prince. "You are blind now," he said, "so I will stay with you always."

"No, little Swallow," said the poor Prince, "you must go away to Egypt."

"I will stay with you always," said the Swallow, and he slept at the Prince's feet.

All the next day he sat on the Prince's shoulder, and told him stories of what he had seen in strange lands. He told him of the red ibises, who stand in long rows on the banks of the Nile, and catch gold-fish in their beaks; of the Sphinx, who is as old as the world itself, and lives in the desert, and knows everything; of the merchants, who walk slowly by the side of their camels, and carry amber beads in their hands; of the King of the Mountains of the Moon, who is as black as ebony, and worships a large crystal; of the great green snake that sleeps in a palm-tree, and has twenty priests to feed it with honey-cakes; and of the pygmies who sail over a big lake on large flat leaves, and are always at war with the butterflies.

"Dear little Swallow," said the Prince, "you tell me of marvellous things, but more marvellous than anything is the suffering of men and of women. There is no Mystery so great as Misery. Fly over my city, little Swallow, and tell me what you see there."

So the Swallow flew over the great city, and saw the rich making merry in their beautiful houses, while the beggars were sitting at the gates. He flew into dark lanes, and saw the white faces of starving children looking out listlessly at the black streets. Under the archway of a bridge two little boys were lying in one another's arms to try and keep themselves warm. "How hungry we are!" they said. "You must not lie here," shouted the Watchman, and they wandered out into the rain.

Then he flew back and told the Prince what he had seen.

"I am covered with fine gold," said the Prince, "you must take it off, leaf by leaf, and give it to my poor; the living always think that gold can make them happy."

Leaf after leaf of the fine gold the Swallow picked off, till the Happy Prince looked quite dull and grey. Leaf after leaf of the fine gold he brought to the poor, and the children's faces grew rosier, and they laughed and played games in the street. "We have bread now!" they cried.

Then the snow came, and after the snow came the frost. The

streets looked as if they were made of silver, they were so bright and glistening; long icicles like crystal daggers hung down from the eaves of the houses, everybody went about in furs, and the little boys wore scarlet caps and skated on the ice.

The poor little Swallow grew colder and colder, but he would not leave the Prince, he loved him too well. He picked up crumbs outside the baker's door when the baker was not looking and tried to keep himself warm by flapping his wings.

But at last he knew that he was going to die. He had just strength to fly up to the Prince's shoulder once more. "Good-bye, dear Prince!" he murmured, "will you let me kiss your hand?"

"I am glad that you are going to Egypt at last, little Swallow," said the Prince, "you have stayed too long here; but you must kiss me on the lips, for I love you."

"It is not to Egypt that I am going," said the Swallow. "I am going to the House of Death. Death is the brother of Sleep, is he not?"

And he kissed the Happy Prince on the lips, and fell down dead at his feet.

At that moment a curious crack sounded inside the statue, as if something had broken. The fact is that the leaden heart had snapped right in two. It certainly was a dreadfully hard frost.

Early the next morning the Mayor was walking in the square below in company with the Town Councillors. As they passed the column he looked up at the statue: "Dear me! how shabby the Happy Prince looks!" he said.

"How shabby indeed!" cried the Town Councillors, who always agreed with the Mayor; and they went up to look at it.

"The ruby has fallen out of his sword, his eyes are gone, and he is golden no longer," said the Mayor in fact, "he is litttle better than a beggar!"

"Little better than a beggar," said the Town Councillors.

"And here is actually a dead bird at his feet!" continued the Mayor. "We must really issue a proclamation that birds are not to be allowed to die here." And the Town Clerk made a note of the suggestion.

So they pulled down the statue of the Happy Prince. "As he is no longer beautiful he is no longer useful," said the Art Professor at the University.

Then they melted the statue in a furnace, and the Mayor held a meeting of the Corporation to decide what was to be done with the metal. "We must have another statue, of course," he said, "and it shall be a statue of myself."

"Of myself," said each of the Town Councillors, and they quarrelled. When I last heard of them they were quarrelling still.

"What a strange thing!" said the overseer of the workmen at the foundry. "This broken lead heart will not melt in the furnace. We must throw it away." So they threw it on a dust-heap where the dead Swallow was also lying.

"Bring me the two most precious things in the city," said God to one of His Angels; and the Angel brought Him the leaden heart and the dead bird.

"You have rightly chosen," **said God, "for in my garden of Paradise this little bird shall sing for evermore, and in my city of gold the Happy Prince shall praise me."**

The Nightingale and the Rose

Bitter, bitter was the pain, and wilder and wilder grew her song, for she sang of the Love that is perfected by Death, of the Love that dies not in the tomb.

"She said that she would dance with me if I brought her red roses," cried the young Student; "but in all my garden there is no red rose."

From her nest in the holm-oak tree the Nightingale heard him, and she looked out through the leaves, and wondered.

"No red rose in all my garden!" he cried, and his beautiful eyes filled with tears. "Ah, on what little things does happiness depend! I have read all that the wise men have written, and all the secrets of philosophy are mine, yet for want of a red rose is my life made wretched."

"Here at last is a true lover," said the Nightingale. "Night after night have I sung of him, though I knew him not: **night after night have I told his story to the stars, and now I see him. His hair is dark as the hyacinth-blossom, and his lips are red as the rose of his desire; but passion has made his face like pale ivory, and sorrow has set her seal upon his brow.**"

"The Prince gives a ball to-morrow night," murmured the young Student, "and my love will be of the company. If I bring her a red rose she will dance with me till dawn. If I bring her a red rose, I shall hold her in my arms, and she will lean her head upon my shoulder, and her hand will be clasped in mine. But there is no red rose in my garden, so I shall sit lonely, and she will pass me by. She will have no heed of me, and my heart will break."

"Here indeed is the true lover," said the Nightingale. "What I sing of, he suffers—what is joy to me, to him is pain. Surely Love is a wonderful thing. **It is more precious than emeralds, and dearer than fine opals. Pearls and pomegranates cannot buy it, nor is it set forth in the marketplace. It may not be purchased of the merchants, nor can it be weighed out in the balance for gold."**

"The musicians will sit in their gallery," said the young Student, "and play upon their stringed instruments, and my love will dance to the sound of the harp and the violin. She will dance so lightly that her feet will not touch the floor, and the courtiers in their gay dresses will throng round her. But with me she will not dance, for I have no red rose to give her"; and he flung himself down on the grass, and buried his face in his hands, and wept.

"Why is he weeping?" asked a little Green Lizard, as he ran past him with his tail in the air.

"Why, indeed?" said a Butterfly, who was fluttering about after a sunbeam.

"Why, indeed?" whispered a Daisy to his neighbour, in a soft, low voice.

"He is weeping for a red rose," said the Nightingale.

"For a red rose?" they cried; "how very ridiculous!" and the little Lizard, who was something of a cynic, laughed outright.

But the Nightingale understood the secret of the Student's sorrow, and she sat silent in the oak-tree, and thought about the mystery of Love.

Suddenly she spread her brown wings for flight, and soared into the air. She passed through the grove like a shadow, and like a shadow she sailed across the garden.

In the centre of the grass-plot was standing a beautiful Rose-tree, and when she saw it she flew over to it, and lit upon a spray.

"Give me a red rose," she cried, "and I will sing you my sweetest song."

But the Tree shook its head.

"My roses are white," it answered; "as white as the foam of the sea, and whiter than the snow upon the mountain. But go to my brother who grows round the old sun-dial, and perhaps he will give you what you want."

So the Nightingale flew over to the Rose-tree that was growing round the old sun-dial.

"Give me a red rose," she cried, "and I will sing you my sweetest song."

But the Tree shook its head.

"My roses are yellow," it answered; "as yellow as the hair of the mermaiden who sits upon an amber throne, and yellower than the daffodil that blooms in the meadow before the mower comes with his scythe. But go to my brother who grows beneath the Student's window, and perhaps he will give you what you want."

So the Nightingale flew over to the Rose-tree that was growing beneath the Student's window.

"Give me a red rose," she cried, "and I will sing you my sweetest song."

But the Tree shook its head.

"My roses are red," it answered, "as red as the feet of the dove, and redder than the great fans of coral that wave and wave in the ocean-cavern. But the winter has chilled my veins, and the frost has nipped my buds, and the storm has broken my branches, and I shall have no roses at all this year."

"One red rose is all I want," cried the Nightingale, "only one red rose! Is there no way by which I can get it?"

"There is a way," answered the Tree; "but it is so terrible that I dare not tell it to you."

"Tell it to me," said the Nightingale, "I am not afraid."

"If you want a red rose," said the Tree, "you must build it out of music by moonlight, and stain it with your own heart's-blood. You must sing to me with your breast against a thorn. All night long you must sing to me, and the thorn must pierce your heart, and your life-blood must flow into my veins, and become mine."

"Death is a great price to pay for a red rose," cried the Nightingale, "and Life is very dear to all. It is pleasant to sit in the green wood, and to watch the Sun in his chariot of gold, and the Moon in her chariot of pearl. Sweet is the scent of the hawthorn, and sweet are the bluebells that hide in the valley, and the heather that blows on the hill. Yet Love is better than Life, and what is the heart of a bird compared to the heart of a man?"

So she spread her brown wings for flight, and soared into the air. She swept over the garden like a shadow, and like a shadow she sailed through the grove.

The young Student was still lying on the grass, where she had left him, and the tears were not yet dry in his beautiful eyes.

"Be happy," cried the Nightingale, "be happy; you shall have your red rose. I will build it out of music by moonlight, and stain it with my own heart's-blood. **All that I ask of you in return is that you will be a true lover, for Love is wiser than Philosophy, though she is wise, and mightier than Power, though he is mighty. Flame-coloured are his wings, and coloured like flame is his body. His lips are sweet as honey, and his breath is like frankincense.**"

The Student looked up from the grass, and listened, but he could not understand what the Nightingale was saying to him, for he only knew the things that are written down in books.

But the Oak-tree understood, and felt sad, for he was very fond of the little Nightingale who had built her nest in his branches.

"Sing me one last song," he whispered; "I shall feel very lonely when you are gone."

So the Nightingale sang to the Oak-tree, and her voice was like water bubbling from a silver jar.

When she had finished her song the Student got up, and pulled a note-book and a lead-pencil out of his pocket.

"She has form," he said to himself, as he walked away through the grove—"that cannot be denied to her; but has she got feeling? I am afraid not. In fact, she is like most artists; she is all style, without any sincerity. She would not sacrifice herself for others. She thinks merely of music, and everybody knows that the arts are selfish. Still, it must be admitted that she has some beautiful notes in her voice. What a pity it is that they do not mean anything, or do any practical good." And he went into his room, and lay down on his little pallet-bed, and began to think of his love; and, after a time, he fell asleep.

And when the Moon shone in the heavens the Nightingale flew to the Rose-tree, and set her breast against the thorn. All night long she sang with her breast against the thorn, and the cold crystal Moon leaned down and listened. All night long she sang, and the thorn went deeper and deeper into her breast, and her life-blood ebbed away from her.

She sang first of the birth of love in the heart of a boy and a girl. And on the top-most spray of the Rose-tree there blossomed a marvellous rose, petal following petal, as song followed song. Pale was it, at first, as the mist that hangs over the river—pale as the feet of the morning, and silver as the wings of the dawn. As the shadow of a rose in a mirror of silver, as the shadow of a rose in a water-pool, so was the rose that blossomed on the topmost spray of the Tree.

But the Tree cried to the Nightingale to press closer against the thorn. "Press closer, little Nightingale," cried the Tree, "or the Day will come before the rose is finished."

So **the Nightingale pressed closer against the thorn, and louder and louder grew her song, for she sang of the birth of passion in the soul of a man and a maid.**

And a delicate flush of pink came into the leaves of the rose, like the flush in the face of the bridegroom when he kisses the lips of the bride. But the thorn had not yet reached her heart, so the rose's heart remained white, for only a Nightingale's heart's-blood can crimson the heart of a rose.

And the Tree cried to the Nightingale to press closer against the thorn. "Press closer, little Nightingale," cried the Tree, "or the Day will come before the rose is finished."

So the Nightingale pressed closer against the thorn, and the thorn touched her heart, and a fierce pang of pain shot through her. Bitter, bitter was the pain, and wilder and wilder grew her song, for she sang of the Love that is perfected by Death, of the Love that dies not in the tomb.

And the marvellous rose became crimson, like the rose of the eastern sky. Crimson was the girdle of petals, and crimson as a ruby was the heart.

But the Nightingale's voice grew fainter, and her little wings began to beat, and a film came over her eyes. Fainter and fainter grew her song, and she felt something choking her in her throat.

Then she gave one last burst of music. The white Moon heard it, and she forgot the dawn, and lingered on in the sky. The red rose heard it, and it trembled all over with ecstasy, and opened its petals to the cold morning air. Echo bore it to her purple cavern in the hills, and woke the sleeping shepherds from their dreams. It floated through the reeds of the river, and they carried its message to the sea.

"Look, look!" cried the Tree, "the rose is finished now"; but the Nightingale made no answer, for she was lying dead in the long grass, with the thorn in her heart.

And at noon the Student opened his window and looked out.

"Why, what a wonderful piece of luck!" he cried; "here is a red rose! I have never seen any rose like it in all my life. It is so beautiful that I am sure it has a long Latin name"; and he leaned down and plucked it.

Then he put on his hat, and ran up to the Professor's house with the rose in his hand.

The daughter of the Professor was sitting in the doorway winding blue silk on a reel, and her little dog was lying at her feet.

"You said that you would dance with me if I brought you a red rose," cried the Student. **"Here is the reddest rose in all the world. You will wear it to-night next your heart, and as we dance together it will tell you how I love you."**

But the girl frowned.

"I am afraid it will not go with my dress," she answered: "and, besides, the Chamberlain's nephew has sent me some real jewels, and everybody knows that jewels cost far more than flowers."

"Well, upon my word, you are very ungrateful," said the Student angrily; and he threw the rose into the street, where it fell into the gutter, and a cart-wheel went over it.

"Ungrateful!" said the girl. "I tell you what, you are very rude; and, after all, who are you? Only a Student. Why, I don't believe you have even got silver buckles to your shoes as the Chamberlain's nephew has"; and she got up from her chair and went into the house.

"What a silly thing Love is," said the Student as he walked away. "It is not half as useful as Logic, for it does not prove anything, and it is always telling one of things that are not going to happen, and making one believe things that are not true. In fact, it is quite unpractical, and, as in this age to be practical is everything, I shall go back to Philosophy and study Metaphysics."

So he returned to his room and pulled out a great dusty book, and began to read.

附錄 II

中英對照佳句精選

快樂王子與其他故事
The Happy Prince and Other Tales

快樂王子
The Happy Prince

「讓我愛妳好嗎?」這隻喜歡有話直說的燕子說完後,蘆葦微微頷首答應。此後,燕子便經常在她身邊穿梭流連。他用翅膀輕觸水面,掀起銀色的漣漪。小燕子的求愛行動,持續了一整個夏天。

"Shall I love you?" said the Swallow, who liked to come to the point at once, and the Reed made him a low bow. So he flew round and round her, touching the water with his wings, and making silver ripples. This was his courtship, and it lasted all through the summer.

快樂王子已熱淚盈眶,淚珠沿著金色的臉頰滑下。快樂王子的臉頰在明月輝映下流露出動人的神采,深深感動了燕子。

The eyes of the Happy Prince were filled with tears, and tears were running down his golden cheeks. His face was so beautiful in the moonlight that the little Swallow was filled with pity.

葉片般的金箔被燕子一片片地剝下來，直到快樂王子看起來灰灰髒髒的。燕子將金箔分給窮人家，孩子們的臉上露出了紅暈，他們在大街上笑著、玩著，高興地說：「我們有麵包吃了。」

Leaf after leaf of the fine gold the Swallow picked off, till the Happy Prince looked quite dull and grey. Leaf after leaf of the fine gold he brought to the poor, and the children's faces grew rosier, and they laughed and played games in the street. "We have bread now!" they cried.

上帝說：「因為在我的天堂花園裡，燕子應該無憂無慮地鳴唱；在我的黃金城堡裡，快樂王子應該為我歌頌。」

God said, "for in my garden of Paradise this little bird shall sing for evermore, and in my city of gold the Happy Prince shall praise me."

夜鶯與玫瑰
The Nightingale and the Rose

夜復一夜，我將他的故事說給星星聽，如今我終於見到他。他的髮色深如風信子花，他的唇紅得有如他渴求的紅玫瑰，但是渴望卻讓他的臉泛白如象牙，悲傷則讓他眉頭緊鎖。

Night after night have I told his story to the stars, and now I see him. His hair is dark as the hyacinth-blossom, and his lips are red as the rose of his desire; but passion has made his face like pale ivory, and sorrow has set her seal upon his brow.

愛情是一樁美事，它比綠寶石珍貴，也比貓眼石完美。珍珠與石榴果無法換取愛情，愛情也不可能放在市場上供商人叫賣，更不能用斤兩來權衡。

It is more precious than emeralds, and dearer than fine opals. Pearls and pomegranates cannot buy it, nor is it set forth in the marketplace. It may not be purchased of the merchants, nor can it be weighed out in the balance for gold.

我唯一的要求，是希望你做一位忠於愛情的人。因為愛情比哲學更有智慧，比權力還偉大，愛情的羽翼和身體有如火焰般熾烈，它的唇像蜂蜜般甜美，它的氣息如同乳香般芬芳。

All that I ask of you in return is that you will be a true lover, for Love is wiser than Philosophy, though she is wise, and mightier than Power, though he is mighty. Flame-coloured are his wings, and coloured like flame is his body. His lips are sweet as honey, and his breath is like frankincense.

當月光在天際閃爍著光芒時,夜鶯飛向玫瑰樹,她整晚將胸膛深入玫瑰刺,而且歌聲不絕。冰冷的月光只是斜倚,傾聽小夜鶯的歌聲。她唱了一整夜,玫瑰刺逐漸穿透她的胸膛,而她的生命之血也逐漸流乾。

When the Moon shone in the heavens the Nightingale flew to the Rose-tree, and set her breast against the thorn. All night long she sang with her breast against the thorn, and the cold crystal Moon leaned down and listened. All night long she sang, and the thorn went deeper and deeper into her breast, and her life-blood ebbed away from her.

夜鶯將身體緊緊貼向刺,她的歌聲愈來愈大,因為她正在歌詠世間男女靈魂裡誕生的熱情。

the Nightingale pressed closer against the thorn, and louder and louder grew her song, for she sang of the birth of passion in the soul of a man and a maid.

「我有一朵全世界最紅的玫瑰,妳可以將它別在胸前,當我們共舞時,它會告訴妳我多麼愛妳。」

"Here is the reddest rose in all the world. You will wear it to-night next your heart, and as we dance together it will tell you how I love you."

自私的巨人
The Selfish Giant

「花園是我一個人的，」巨人說道：「每個人都應該明白這個道理。除了我自己，我才不讓任何人來我的花園玩。」

"My own garden is my own garden," said the Giant; "any one can understand that, and I will allow nobody to play in it but myself."

然後，春天來臨了，整個國家充滿鳥語花香，只有自私巨人的花園，還停留在冬天。

Then the Spring came, and all over the country there were little blossoms and little birds. Only in the garden of the Selfish Giant it was still winter.

於是冰雹不再去他的頭頂跳舞，北風停止了怒吼。一陣清香從他敞開的窗扇中飄了進來，「我想，春天終於來臨了。」

Then the Hail stopped dancing over his head, and the North Wind ceased roaring, and a delicious perfume came to him through the open casement. "I believe the Spring has come at last,"

「我以前多麼自私呀！現在我知道為什麼春天不來了，我要把那個可憐的小男孩送到樹上，還要敲掉圍牆，我的花園應該永遠永遠都是孩子們的遊樂場。」他說。並對於自己過去的所作所為感到難過。

"How selfish I have been!" he said; "now I know why the Spring would not come here. I will put that poor little boy on the top of the tree, and then I will knock down the wall, and my garden shall be the children's playground for ever and ever." He was really very sorry for what he had done.

「孩子們，現在花園是你們的了。」巨人說完，拿出巨斧敲掉圍牆。人們在正午到達市場時，看到巨人和孩子們在他們所見過最美麗的花園裡嬉戲。

"It is your garden now, little children," said the Giant, and he took a great axe and knocked down the wall. And when the people were going to market at twelve o'clock they found the Giant playing with the children in the most beautiful garden they had ever seen.

忠實的朋友
The Devoted Friend

「啊！我對爲人父母的心情一無所知，」水鼠說：「我不是居家型的。說眞的，我沒結過婚，也不想結婚，愛情固然可貴，但是友誼更珍貴，事實上，我知道世界上沒有什麼比忠實的友誼更高貴、更稀罕的。」

"Ah! I know nothing about the feelings of parents," said the Water-rat; "I am not a family man. In fact, I have never been married, and I never intend to be. Love is all very well in its way, but friendship is much higher. Indeed, I know of nothing in the world that is either nobler or rarer than a devoted friendship."

懶惰是罪大惡極的表現，我不希望有個懶惰或打混的朋友。

Idleness is a great sin, and I certainly don't like any of my friends to be idle or sluggish.

每個人都會說好聽的話去取悅甚至諂媚別人，眞正的朋友才會忠言逆耳，不怕傷到對方，眞正的好朋友會喜歡這樣，他知道說這些話是對他好。

Anybody can say charming things and try to please and to flatter, but a true friend always says unpleasant things, and does not mind giving pain. Indeed, if he is a really true friend he prefers it, for he knows that then he is doing good.

引人注目的煙火
The Remarkable Rocket

「任何一個你喜愛的地方，就是你的全世界。」

"Any place you love is the world to you."

「但是愛情已經過氣，詩人毀了愛情，把愛情描寫得太過浮濫，使人們不再相信愛，這點我毫不意外。真正的愛是受苦、是沉默的，我記得我有一次……不過現在不會了。浪漫是過去式了。」

"but love is not fashionable any more, the poets have killed it. They wrote so much about it that nobody believed them, and I am not surprised. True love suffers, and is silent. I remember myself once— But it is no matter now. Romance is a thing of the past."

「我生來就是為了呈現給大眾，」煙火炮說：「我所有的親友也是如此，即使是那些最微不足道的也不例外。」

"I am made for public life," said the Rocket, "and so are all my relations, even the humblest of them."

「我就知道我會不同凡響。」煙火炮喘息著，然後熄滅。

"I knew I should create a great sensation," gasped the Rocket, and he went out.

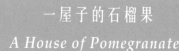

一屋子的石榴果
A House of Pomegranates

少年國王
The Young King

但是大多數的時候，他是獨處的，然後透過一種直覺，或可說是頓悟——體認到藝術的奧妙來自於祕密地探索，而美麗與智慧也對孤獨的崇拜者眷顧有加。

he would sometimes be accompanied by the slim, fair-haired Court pages, with their floating mantles, and gay fluttering ribands; but more often he would be alone, feeling through a certain quick instinct, which was almost a divination, that the secrets of art are best learned in secret, and that Beauty, like Wisdom, loves the lonely worshipper.

「這片土地是自由的，」少年國王說：「你不是任何人的奴僕。」

'The land is free,' said the young King, 'and thou art no man's slave.'

「在戰爭裡，強者俘虜弱者；在和平中，富人剝削窮人。我們必須工作以求生存，而他們只給我們微薄的工資，讓我們幾乎活不下去。我們整天辛苦工作，他們卻在金庫中堆砌財富，我們的小孩早夭，而我們愛著的人，也因爲疲憊變得憔悴與恐怖。我們踩踏葡萄釀製成酒，種植五穀，但是辛勤的結果卻毫無收穫。儘管有人說我們是自由的，但我們被無形的鎖鍊箝制，實際上我們只是奴隸。」

'In war,' answered the weaver, 'the strong make slaves of the weak, and in peace the rich make slaves of the poor. We must work to live, and they give us such mean wages that we die. We toil for them all day long, and they heap up gold in their coffers, and our children fade away before their time, and the faces of those we love become hard and evil. We tread out the grapes, and another drinks the wine. We sow the corn, and our own board is empty. We have chains, though no eye beholds them; and are slaves, though men call us free.'

「富人和窮人不是手足嗎？」少年國王問道。

「是的，」那人回答：「但是那位富有的哥哥名叫該隱。」

'Are not the rich and the poor brothers?' asked the young King.

'Ay,' answered the man, 'and the name of the rich brother is Cain.'

公主的生日
The Birthday of the Infanta

森林裡有琳瑯滿目的新奇事物，當公主累了，他會爲她找一處鋪滿青苔的河岸，讓她可以小睡；或是把她抱起來，因爲他知道自己雖然不高，卻很強壯。他會爲公主用紅色莓子串成項鍊，襯托她衣飾上的乳白珍珠，如果她不喜歡，他再爲她找別的。此外，他會爲她尋找橡實的殼和沾著露水的銀蓮花，並蒐集螢火蟲來妝點她的金髮。

Certainly there was a great deal to look at in the forest, and when she was tired he would find a soft bank of moss for her, or carry her in his arms, for he was very strong, though he knew that he was not tall. He would make her a necklace of red bryony berries, that would be quite as pretty as the white berries that she wore on her dress, and when she was tired of them, she could throw them away, and he would find her others. He would bring her acorn-cups and dew-drenched anemones, and tiny glow-worms to be stars in the pale gold of her hair.

大廳盡頭掛著一幅華美、繡著太陽與星星的天鵝絨掛氈，是國王最喜歡的黑色。

At the end of the hall hung a richly embroidered curtain of black velvet, powdered with suns and stars, the King's favourite devices, and broidered on the colour he loved best.

熱淚從他的雙頰滴下，他把白玫瑰撕成碎片，那隻猙獰的怪物也照做，將碎花瓣撒向空中；他在地上掙扎爬行，看到怪物時，它也用痛苦的表情看著他。他爬走了，不願再看到它，於是用手遮住眼睛，像一隻受傷的動物般蠕動著，爬進陰影中，躺在那裡呻吟。

The hot tears poured down his cheeks, and he tore the white rose to pieces. The sprawling monster did the same, and scattered the faint petals in the air. It grovelled on the ground, and, when he looked at it, it watched him with a face drawn with pain.

「但是他為什麼不會再跳舞了呢？」公主笑著問。

「因為他的心碎了。」宮廷大臣回答。

'But why will he not dance again?' asked the Infanta, laughing.

'Because his heart is broken,' answered the Chamberlain.

漁人與他的靈魂
The Fisherman and his Soul

日復一日，年輕漁人沉醉在小美人魚的甜美歌聲中，幾乎忘了自己的捕魚技巧和工作。金槍魚群游過來，朱紅色的魚鰭和凸出的眼睛閃閃發亮，他卻毫不在意；他的魚叉擱置不用，柳枝編成的魚簍空無一物。他的雙唇微張，怔怔地坐在船上聆聽歌聲，直到海霧籠罩他，月光將他那黝黑的四肢染成銀白色。

And each day the sound of her voice became sweeter to his ears. So sweet was her voice that he forgot his nets and his cunning, and had no care of his craft. Vermilion-finned and with eyes of bossy gold, the tunnies went by in shoals, but he heeded them not. His spear lay by his side unused, and his baskets of plaited osier were empty. With lips parted, and eyes dim with wonder, he sat idle in his boat and listened, listening till the sea-mists crept round him, and the wandering moon stained his brown limbs with silver.

靈魂是人類最高貴的一部分，是上帝賜予我們的寶物，讓我們盡情運用的。世界上沒有什麼比它更貴重的物品了，也沒有其他事物能與之相提並論，無論是全世界的黃金、或是國王的紅寶石皆然。

For the soul is the noblest part of man, and was given to us by God that we should nobly use it. There is nothing more precious than a human soul, nor any earthly thing that can be weighed with it. It is worth all the gold that is in the world, and is more precious than the rubies of the kings.

靈魂對他說：「如果你真要趕我走，請讓我帶走你的心，這個世界太殘酷了，你讓我帶著你的心走。」

And his Soul said to him, 'If indeed thou must drive me from thee, send me not forth without a heart. The world is cruel, give me thy heart to take with me.'

靈魂回答：「當你送走我時，連心都不給我，所以我學會了所有虧心事，而且樂此不疲。」

His soul answered, 'When thou didst send me forth into the world thou gavest me no heart, so I learned to do all these things and love them.'

世上沒有無法掙脫的痛苦，也沒有留不住的快樂。

For there is no pain that thou shalt not give away, nor any pleasure that thou shalt not receive.

星星男孩

The Star Child

他們因為獲救而激動地開懷大笑，在他們的眼裡，這時大地就像一朵銀色的花朵，月光則美如金色花朵。

So overjoyed were they at their deliverance that they laughed aloud, and the Earth seemed to them like a flower of silver, and the Moon like a flower of gold.

屋裡有鐵石心腸的人，冷風難道不會進門嗎？

Into a house where a heart is hard cometh there not always a bitter wind?

「蒼蠅也是你的兄弟，不要傷害牠們；鳥兒穿梭在樹林中，也有牠們應得的自由，你何苦以捕捉牠們為樂？上帝創造了蜥蜴和鼴鼠，每一種生物各有其所。你憑甚麼在上帝的世界裡帶來痛苦？即使是田裡的牛，也知道要讚美上帝。」

'The fly is thy brother. Do it no harm. The wild birds that roam through the forest have their freedom. Snare them not for thy pleasure. God made the blind-worm and the mole, and each has its place. Who art thou to bring pain into God's world? Even the cattle of the field praise Him.'

這座森林看起來很美，充滿了鳥語花香。星星男孩高興地走進去，但是美麗的森林並未善待他，無論他走到哪裡，都被遍地的荊棘包圍。

Now this wood was very fair to look at from without, and seemed full of singing birds and of sweet-scented flowers, and the Star-Child entered it gladly. Yet did its beauty profit him little, for wherever he went harsh briars and thorns shot up from the ground and encompassed him.

他不准人民殘害鳥獸，並倡導「愛」、「仁慈」與「憐憫」；他讓窮人有足夠的麵包可吃，讓衣衫襤褸者有衣服穿，這塊土地上充滿了和平與富足。

Nor would he suffer any to be cruel to bird or beast, but taught love and loving-kindness and charity, and to the poor he gave bread, and to the naked he gave raiment, and there was peace and plenty in the land.

附錄 III

王爾德著名地標、生平年表

─────── 奧斯卡・王爾德 生平年表 ───────

1854　0　於愛爾蘭都柏林的一個知識份子家庭出生，全名
　　　　　爲奧斯卡・芬戈爾・奧弗萊厄蒂・威爾斯・王爾
　　　　　德（Oscar Fingal O'Flahertie Wills Wilde），爲王
　　　　　爾德一家的二兒子。

　　　　　其父親威廉・王爾德爵士爲一名知名外科醫生、
　　　　　並被任命爲維多利亞女王的御醫；母親珍・懷爾
　　　　　德是一名文學詩人兼作家，是愛爾蘭有名的才女
　　　　　之一。也因此，王爾德從小便受文藝氣息薰陶，
　　　　　非常聰慧，且精通德法兩國語言。

1864　10　與哥哥威廉・王爾德一起進入普托拉皇家學校。

　　　　　相較於其他男孩，王爾德對花朵、落日情有獨鍾，
　　　　　喜歡古典與希臘文學且討厭數理相關科目。他對
　　　　　學術的看法是：「世上所有值得學習之事都無法
　　　　　藉教學而得。」

1866　12　在王爾德12歲這年，小他兩歲的妹妹艾索拉不幸
　　　　　離世。此事讓整個家庭大受打擊，也成了王爾德
　　　　　早期的作品的主題，如1881年發表的《安魂賦》
　　　　　（Requiescat），拉丁文原意是爲逝者祈福的禱告
　　　　　詞。

1871　17　王爾德獲得了都柏林三一學院的入學獎金，並在此認識了一樣熱衷於希臘文學的馬哈菲教授。兩人一拍即合，希臘唯美主義在王爾德心中悄悄萌芽，成了王爾德一生非常重要的轉捩點。

　　　　　日後，王爾德因成績優異取得了三一學院的最高學術榮譽，獲得了全額的獎學金。

1874　20　王爾德進入牛津大學莫德林學院就讀。在這他遇見了當時文化界聲名顯赫的人物——約翰・羅斯金（John Ruskin）和華特・佩特（Walter Pater），對他日後所推崇的唯美主義留下了深遠的影響。

1878　24　以詩作《拉芬納》贏得校內詩歌比賽，由牛津大學出資付梓，成了王爾德出版的第一部作品。

　　　　　而後，他轉往英國發展。初在文壇嶄露頭角，因著華麗的服裝、機智的談吐，尚未得到任何一個文學獎項的他卻在倫敦社交圈小有名氣。

1880　26　創作劇本《薇拉》（Vera）。起初反響不佳，後因當時俄皇慘遭刺殺，內容包含俄羅斯虛無主義的《薇拉》在英國漸漸受到重視。

1881　27　第一本詩集《詩集》（Poems）出版

1882　28　在美國開始了一場關於藝術的巡迴演講，從此時
　　　　　開始漸受矚目。

1884　30　與愛爾蘭知名辯護律師之女——康斯坦絲‧勞埃
　　　　　德（Constance Lloyd）結婚。

1885　31　大兒子西里爾（Cyril）出生。

1886　32　小兒子維維恩（Vyvyan）出生。

　　　　　與加拿大裔的記者、藝術評論家和藝術品經銷商
　　　　　羅比‧羅斯相戀。羅比‧羅斯為王爾德人生中
　　　　　共患難的朋友，也是王爾德的第一位男性戀人。

1887　33　成為了婦女雜誌《婦女世界》的總編輯。並於雜
　　　　　誌上發表自己的小說、評論和詩集，作品以詞藻
　　　　　華美、觀點獨特聞名。

1888　34　五月時出版《快樂王子》（The Happy Prince and
　　　　　Other Tales），原先為當時講給兩位兒子的晚間
　　　　　童話故事。

1890　36　6月20日開始在報紙上連載《道林·格雷的畫像》
　　　　　（The Picture of Dorian Gray），奠定了他「頹廢
　　　　　藝術家」的地位。

1891　37　創作另一篇童話故事《一屋子的石榴果》（A
　　　　　House of Pomegranates）。

　　　　　出版散文集《社會主義下人的靈魂》（The Soul
　　　　　of Man Under Socialism）、《藝術家的評論》
　　　　　（The Critic As Artist）。

　　　　　創作社會喜劇《溫夫人的扇子》（Lady
　　　　　Windermere's Fan）。

　　　　　出版之前的連載小說《道林·格雷的畫像》，獲
　　　　　得大眾喜愛。

　　　　　於牛津莫德林學院認識了當時 21 歲、外貌出眾的
　　　　　學生阿爾弗雷德·道格拉斯（小名波西），隨後
　　　　　與之墜入戀情。

1893　39　創作戲劇劇本《無足輕重的女人》（A Woman of
　　　　　No Importance）、《莎樂美》（Salomé）。

　　　　　出版小說《教我如何愛你》（Teleny）。

1894　40　出版第二本詩集《斯芬克斯》（Sphinx）。

1895	41	創作戲劇劇本《不可兒戲》（The Importance of Being Earnest）與《理想丈夫》（An Ideal Husband）。
		同年，波西的父親發現波西與王爾德相戀的事實，憤而控告王爾德，並公然辱罵王爾德爲「裝腔作勢的雞姦者」（註：當時尙未有同性戀這個詞彙）。
		王爾德敗訴，因而入獄。
1897	43	王爾德獲釋。
		在獄中期間寫下詩集《雷丁監獄之歌》（The Ballad of Reading Gaol）以及寫給自身與波西的書信集《深淵書簡》（De Profundis），作品風格已然轉變，唯美主義不復存在。
		出獄後移居法國，並出版《雷丁監獄之歌》。
1900	46	在好友羅比‧羅斯的感召下開始改信天主教。
		同年的 11 月 30 日，因腦膜炎於法國巴黎的阿爾薩斯旅館病逝，享年 46 歲。
1908		羅比‧羅斯將王爾德的作品集結成冊，其出版讓王爾德原本跌落谷底的名聲重新回升。

──────── 奧斯卡‧王爾德 相關地標 ────────

　　王爾德在世界各地都有不少雕像，而與王爾德本人最為相關、最多人朝聖的地點，便為以下三處，分別位於愛爾蘭的都柏林、英國倫敦以及法國巴黎，也間接反映了王爾德的生活與經歷。

1. 都柏林故居

地址：愛爾蘭
American College Dublin, 1 Merrion Square, Dublin 2 Dublin

　　在梅瑞恩大街上座落著一幢磚紅色的屋子，這就是「都柏林最著名的兒子」王爾德於 1855-1878 居住的地方。而離梅瑞恩大街不遠的地方、梅瑞恩廣場公園 (Merrion Square Park) 裡，也擺放了王爾德的雕像。

　　身穿招搖的綠色襯衫，搭配發亮的皮鞋，隨性地躺臥在一顆青石上，臉上帶著不可一世的笑容看著來來往往的行人，就如同他那睥睨社會、玩世不恭的青少年模樣。

231

2. 倫敦市中心 阿德萊德大街

從 1878 年在英國倫敦的社交圈、文壇上初嶄露頭角的王爾德，用了前前後後約十年的時間，在英國大放異彩。舉凡詩集、戲劇、小說，抑或是散文、童話故事，他的才華受眾人肯定。

但卻因後來與波西「無法說出名字」的戀情，使他的聲譽一落千丈，著作被查封、戲劇遭停演，可說是王爾德人生最黑暗的時期。

而在他逝世後，歐洲的社會風氣日漸開放，這也讓他的文筆與才華又逐漸受到人民的認同，對波西那勇敢的示愛更是讓他獲得年輕人和同性戀族群的讚賞。因此在他逝世 98 週年時，英國為他在市中心的大街上製造了一座雕像，藉此肯定他的文學地位。

在倫敦大街上的王爾德雕塑，全身由花崗石與青銅製造，不明的姿勢與隱晦的神色，也像在反應他那段痛苦落寞的日子。

3. 巴黎 拉雪茲神父公墓

　　刑滿釋放後，王爾德轉身離開榮譽與污名並存的倫敦，轉往巴黎養居。但卻因精神與生活的雙重折磨，仍舊讓他罹病去世。

　　原先羅斯在埋葬王爾德時手頭並不寬裕，因此只草草將其埋於郊區。後來歷經十餘年的時間，才將王爾德的墓碑完成。

　　整座墓碑由花崗石打造，採用王爾德在自己的詩集《斯芬克斯》中所述的意象刻畫成獅身人面像，如今已成為人們紀念他時必到訪的景點之一，也因人們對他的景仰、敬愛，使得訪客不斷地在他的墓碑上留下深淺不一的口紅印。

　　最終這座墓碑被愛爾蘭及國當局宣布列為「歷史性紀念物」，王爾德的影響力可見一斑。

奧斯卡 · 王爾德 經典句子

1. 「所謂道德抑或不道德的書是不存在的。書就只有分寫得好、寫得差，僅此而已。」

   There is no such thing as a moral or an immoral book. Books are well written, or badly written. That is all.

   —— 出自 1890 年小說《道林 · 格雷的畫像》

2. 「愚昧是最大的罪行。」

   There is no sin except stupidity.

   —— 出自 1981 年散文集《藝術家的評論》

3. 「我們都生活在陰溝里，但仍有人在仰望星空。」

   We are all in the gutter, but some of us are looking at the stars.

   —— 出自 1982 年劇本《溫夫人的扇子》
   (這句話也被刻在英國倫敦阿德萊德大街王爾德的雕像上)

4. 「愛情之不可理解比起死亡之神秘更甚。」

   The mystery of love is greater than the mystery of death.

   —— 出自於 1893 年劇本《莎樂美》

5. 「大多數人都從眾，他們的思想是其他人的意見，他們的生活是
   一場模仿，他們熱衷於引旁人所述。」

   Most people are other people. Their thoughts are someone
   else's opinions, their lives a mimicry, their passions a
   quotation.

   —— 出自於 1895 年書信集《深淵書簡》

6. 「男人因厭倦而結婚，女人因好奇而結婚，雙方都會失望。」

   Men marry because they are tired, women because they are
   curious; both are disappointed.

   —— 出自於 1895 年劇本《無足輕重的女人》

7. 「年輕的時候，我以為錢是人生最重要的，現在我老了，我懂了，
   確實如此。」

   When I was young I thought that money was the most
   important thing in life; now that I am old I know that it is.

8. 「每個人犯了錯誤，都自稱是經驗。」

   Experience is the name every one gives to their mistakes.

9. 「除了我的天才，其他沒什麼可申報的。」

   I have nothing to declare except my Genius.

10.「我不想謀生，我想生活。」

I don not want to earn my living. I want to live.

11.「眞實生活通常就是我們無法掌控的生活。」

One's real life is often the life that one does not lead.

12.「一個人倘若不爲自己思考，那就從未思考過。」

A man who does not think for himself does not think at all.

13.「世上只有一件事比被人議論更糟糕了，那就是沒有人議論你。」

The only thing worse than being talked about is not being talked about.

14.「生活里有兩個悲劇：一個是沒有得到我們想要的；另外一個是得到了。」

There are only two tragedies in life:

one is not getting what one wants and the other is getting it.

15.「不夠眞誠是危險的，太眞誠則絕對是致命的。」

A little sincerity is a dangerous thing, and a great deal of it is absolutely fatal.

16.「壁紙越來越破、而我越來越老，兩者之間總有一個要先消失。」

My wallpaper and I are fighting a duel to the death. One or other of us has to go.

（這句話為王爾德在法國旅店的遺言）

17.「除了誘惑，我可以抵抗任何事物。」

I can resist everything except temptation.

18.「詩人可以容忍一切，印刷錯誤除外。」

A poet can survive everything but a misprint.

19.「只有淺薄的人才了解自己。」

Only the shallow know themselves.

20.「每當人們認同我的時候，我都覺得我一定是錯了。」

Whenever people agree with me I always feel I must be wrong.

memo

王爾德童話集快樂王子 / 奧斯卡·王爾德著；立村文化編譯
組翻譯. -- 初版. -- 臺北市：笛藤，2020.01
　面；　公分
譯自 The happy prince and other tales
ISBN 978-957-710-775-6(平裝)

873.59　　108020845

定價320元　2020年1月3日　初版第1刷

作者	奧斯卡·王爾德
翻譯	立村文化編譯組
美術設計	王舒玗
總編輯	賴巧凌
編輯	江品萱
編輯協力	林子鈺、陳佩馨、斐然有限公司
發行所	笛藤出版圖書有限公司
發行人	林建仲
地址	台北市中山區長安東路二段171號3樓3室
電話	(02) 2777-3682
傳真	(02) 2777-3672
總經銷	聯合發行股份有限公司
地址	新北市新店區寶橋路235巷6弄6號2樓
電話	(02)2917-8022·(02)2917-8042
製版廠	造極彩色印刷製版股份有限公司
地址	新北市中和區中山路2段340巷36號
電話	(02)2240-0333·(02)2248-3904
印刷廠	皇甫彩藝印刷股份有限公司
地址	新北市中和區中正路988巷10號
電話	(02) 3234-5871
郵撥帳戶	八方出版股份有限公司
郵撥帳號	19809050

The Happy Prince and Other Tales

王爾德童話集 快樂王子